# 일본
# 도시괴담
## ②

# 일본 도시괴담

김성욱 엮음 ②

북클릭

# 머리말

2년 만에 두 번째 책이 나오게 되었다. 첫 책이었던 『일본 도시 괴담』에서 받은 많은 사랑과 응원 덕에 두 번째 책이 나올 수 있었다. 특히 군 복무 기간 동안에도 꾸준히 블로그와 카페를 찾아주셨던 많은 누리꾼 분들과, 2권 출판에 많은 도움을 주신 출판사에게 감사드린다.

1권에서도 이야기한 바 있듯, 괴담은 사회를 비추는 거울과 같은 역할을 하는 존재다. 비록 국내에서는 괴담의 위치가 장르문학의 하위 분야로 여겨질 뿐이지만, 실상 한 사회의 병폐와 어두운 뒷모습, 은밀한 차별 의식 등이 가장 잘 드러나는 것은 바로 그 사회에서 유포되는 괴담이다.

바로 그런 이유에서 현대사회에 있어 도시 괴담은 큰 의미를 지닌다고 생각한다. 인터넷과 SNS의 발달에 따라 이전과는 비교할 수도 없을 정도의 속도로 유포가 이루어지고, 한 사람의 생각이 얼굴도 모르는 낯선 이에게 순식간에 퍼져 나가는 기반이 자리 잡은 것이다. 책에 수록된 이야기들이 대개가 인터넷을 통해 유포된 괴담들이라는 것이 그 반증이기도 할 것이다.

역사적으로든 지리적으로든 우리나라와 많은 관계를 맺어왔고, 우리나라보다 빠른 도시화와 고령화를 겪은 일본의 도시 괴담은, 우리에게도 시사하는 바가 많다. 이 책에서 나타나는 사회적 현상의 상당수는 바로 우리나라에서도 일어나고 있거나, 머지않아 일어나리라고 우려되는 것들이 대다수이기 때문이다.

개인적으로 공포를 다룸에 있어서 크게 나누는 두 가지의 분류법이 있다. 하나는 완전히 새로운 미지에서 오는 공포이고, 다른 하나는 익숙한 것의 상실 내지는 급격한 변화에서 오는 공포이다. 이번 두 번째 책에서는 그중 두 번째의 공포에 집중한 이야기들을 주로 수록했다. 귀신이나 유령처럼 단순히 우리가 그 정체를 알지 못해 두려워할 수밖에 없는 존재가 아닌, 우리 주변의 너무나 익숙한 사람, 현상, 장소가 어느 순간 사라지거나 짐작할 수조차 없는 존재로 변하여 우리를 덮쳐올 수도 있다는 공포감을, 이 책을 통해 느낄 수 있을 것이다.

괴담보다 현실이 더 무서워지는 세상이라지만, 그 와중에서도 언제나 희망은 있기 마련이다. 괴담을 통해 시대의 부족함과 어두움을 깨닫고, 이를 고쳐나가 더 행복한 현실을 만들어나가는 데 보탬이 되면 좋겠다.

# 차례

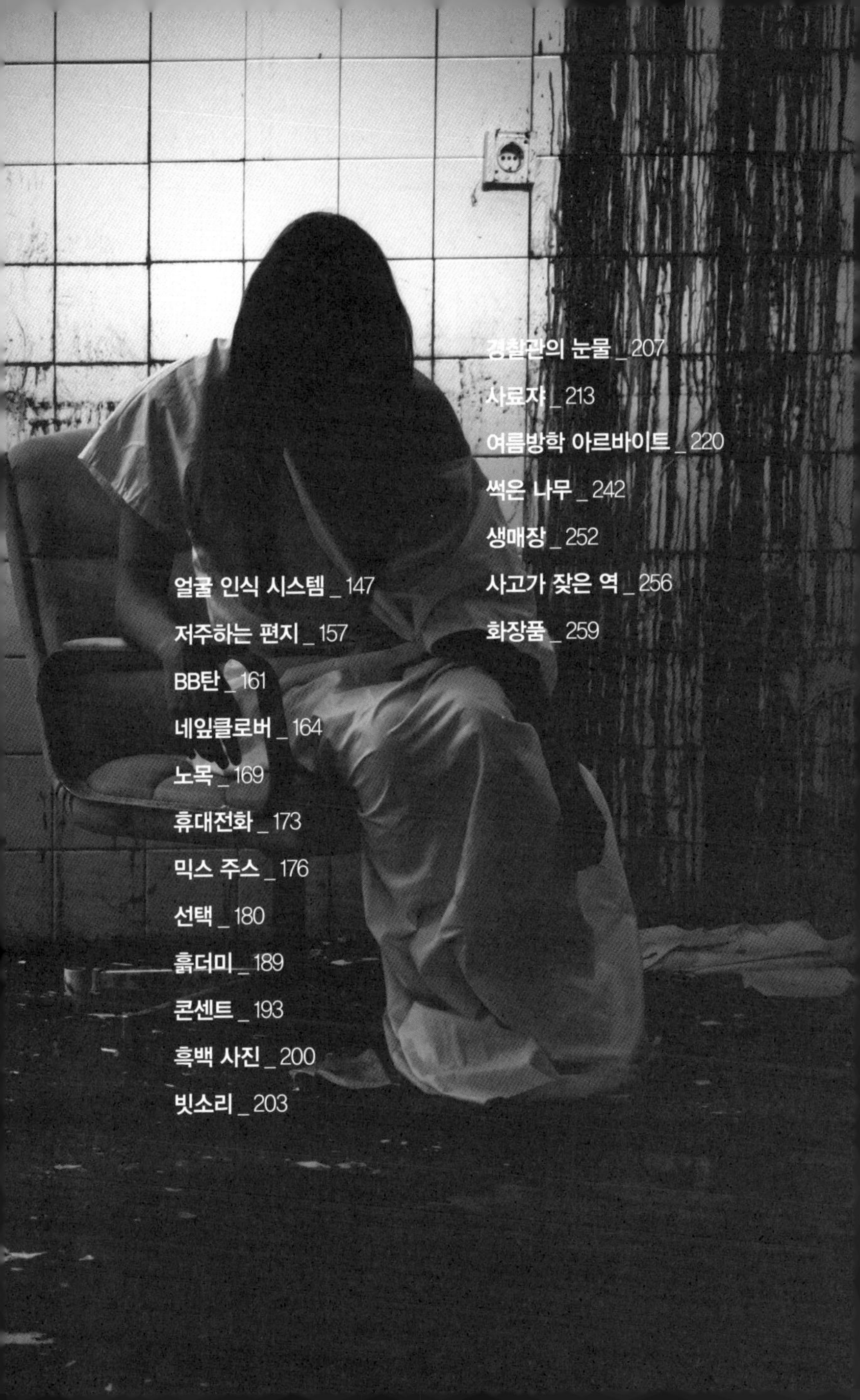

# 길 좀 알려주세요

"길 좀 알려주세요."

저녁 골목길에서 그렇게 말을 걸어온 사람은 키가 큰 여자였다. 발이 이상하게 작은 탓인지 뭔가 밸런스가 맞지 않는 것처럼 여자는 이리저리 흔들리고 있었다. 마찬가지로 손도 나뭇가지처럼 가늘어서 새빨간 핸드백과 같이 축 늘어져 있었다.

"하아, 하아……."

몇 번 한숨인지 호흡인지 알 수 없는 숨을 토해낸 그녀에게 뭔가 불편한 마음이 일었다.

분명 나에게 물어본 것일 텐데, 시선은 완전히 다른 곳을 향하고 있었기 때문이다.

모르는 척할 수도 없고 애매한 상황이었기에 건성으로 물어보았다.

"저…… 저기, 어느 쪽으로 가시는데요?"

피하고 싶은 생각에, 나는 재빨리 대충 대답하고 도망칠 태세를 취했다.

"카스가야초(春日谷町) 1—19—4—201."

"……."

순간 머리가 멍해지면서 나는 소스라치게 놀랐다.

그것은 내가 사는 아파트 주소였다. 심지어 방 번호까지 완벽하게 들어맞았다.

"모, 모르겠는데요."

나는 얼떨결에 그렇게 대답했다. 마음속으로 결코 이 여자와 얽히고 싶지 않다고 진심으로 빌었다.

불현듯 그 여자는 꾸벅하고 허리가 구부러지듯 깊게 인사를 하고 난 뒤, 다시 흔들거리며 골목길 안쪽으로 사라졌다.

"휴……. 괜히 오싹하네……."

나는 찜찜한 마음에 일부러 멀리 돌아서 집으로 돌아왔다. 그러곤 방문이 잠겨 있는 것을 확인하고 안도의 한숨을 내쉬며 문을 열었다.

그때였다.

컴컴한 방 안에서 소리가 들렸다.

"길 좀 알려주세요."

# 남는 프린트

얼마 전, 오랜만에 만난 20년지기 친구에게 들은 이야기다.

내 친구 A는 여고에서 영어 교사로 일했다. A는 언제나 학생들에게 나눠줄 프린트를 학교에 있는 복사기로 복사했다.

하지만 1학년 담당 교사인 A가 맡은 반만 해도 4개 반씩이나 되다 보니, 학생들 것을 모두 뽑고 나면 어마어마한 양이 되어버렸다. 한 번에 4개 반 학생들의 프린트를 모두 뽑기엔 시간도 많이 걸릴뿐더러 엄청난 양이라서, A는 각 반의 인원만큼만 수업 전에 뽑아서 가져갔다고 한다.

그런데 어째서인지 딱 한 반만, 프린트의 수가 항상 맞지 않았다는 것이다. 32명이 있는 반이라 32장을 뽑았는데, 프린트는 언제나 33장이 뽑혀 나왔다.

처음에는 A도 그냥 복사를 잘못했겠지 싶어서 신경 쓰지 않았지만, 매번 같은 일이 반복되다 보니 뭔가 이상하다는 생각이 들었다. 그것도 다른 반은 멀쩡한데, 항상 그 반만 계속 틀리니 영 찜찜했던 것이다.

A는 교실 맨 앞줄에 앉은 아이들에게 "뒤로 돌려"라고 말하고 프린트를 나눠준다. 그러면 꼭 맨 뒤에서 "선생님, 한 장 남아요"라면서 한 장이 돌아오는 식이다. 매번 그러니까 학생들도 이상하게 생각했는지, "선생님, 왜 맨날 한 장씩 남아요?"라고 물었다고 한다.

A도 당황해서 "이건 선생님 거야"라고 대충 얼버무렸다고 하지만, 애초에 그럴 생각으로 복사한 게 아니라는 것은 본인이 가장 잘 알고 있었다. 자기가 볼 원본은 나눠줄 때 포함시키지 않고 이미 손에 들고 있었으니까.

뭔가 계속 반복되는 찜찜함에 A는, 자신이 착각하고 있는 것은 아닌가 싶어 복사기 앞에서 직접 숫자를 세며 복사를 해보기로 했다.

원본을 복사기에 올리고, 매수에 32를 입력한다. 1장, 2장…… 프린트는 계속 나온다. A는 한눈팔지 않고 계속 숫자를 세고 있었다. 그리고 마침내 32장째 프린트가 나오고, 복사기가 멈췄다. 원본까지 꺼내서 다시 세어보았지만, 역시 원본과 복사본을 다 합쳐 33장이 틀림없었다.

이렇게까지 신경 써서 센 프린트를 그대로 가지고 가서 나눠주는데, 이번에도 한 장이 남는 것이다.

A는 이때 처음으로 소름이 끼쳤다고 한다. 당황해서 학생 수까지 세어봤지만, 결석한 학생도 없고 32명이 모두 다 있었다. 프린트가 남아서는 안 되었다.

하지만 분명히 한 장, 프린트가 남았다.

A는 망연자실해서, 학생들에게 "여기 총 32명 맞지?"라고 묻기까지 했다. 그러자 아이들은 킥킥 웃으며 "선생님, 꿈이라도 꾸는 거예요? 갑자기 왜 그러세요"라며 야유를 보냈다.

그렇지만 "정말 32명이지? 33명 아니지?"라고 묻는 A의 얼굴이 너무나도 진지했던 것일까. "선생님, 왜 그래요……"라든가, "장난치지 마요!"라며 아이들도 덩달아 겁에 질리고 말았다. 이래서는 안 되겠다는 생각에 A는 마음을 다잡고, 그냥 자신의 착각이니 신경 쓰지 말라고 아이들을 진정시키고 넘어가려 했다.

그런데 바로 그때, 한 녀석이 엄청난 목소리로 "어떻게 안 거야?! 어떻게 알았지?! 어떻게 안 거야?! 어떻게 알았지?!"라고 절규하는 것이었다. 그 소리를 듣자 A는 두려움 때문인지 정신이 몽롱해졌고, 정신을 차렸을 때는 교장실 소파에 누워 있었다고 한다.

그 후 A는 학교를 그만두고 고향으로 내려와, 지금은 집에서 시간을 보내고 있다. 사실 처음 A가 고향으로 돌아왔을 때 왜 교사를 그만뒀는지 물어봤지만, A는 제대로 대답해주지 않았다. 그러다 지난번에 같이 술을 마시다가 취기 때문인지 이 이야기를 해준 것이다.

"야, 내가 진짜 무서운 게 뭔지 아냐? 내가 그 학교 그만둘 때쯤에, 수업하다가 기절했던 반 애들이 죄다 나를 피해 다니는 거야. 그래서 내가 그 반 애 하나를 잡아다 물어봤더니, 뭐라는 줄 알아? 그때 어떻게 알았냐고 소리를 질렀던 게 바로 나였다는 거야! 근데 난 목소리는 들렸지만, 내가 말한 적은 없거든."

# 어드벤처 게임

미카는 자신이 특별히 섹스를 좋아하는 여자라고는 생각하지 않는다. 그러나 물론, 결단코 싫은 것은 아니다. 그래도 처음 만난 남자와 러브호텔에 들어온 것은 처음이었다.

남자는 자신의 이름을 '료'라고 했다. 특별히 잘생긴 얼굴도 아니었고, 이야기가 재미있지도 않았지만 분위기를 잘 이끌어가는 남자였다. 어느 사이에 클럽 안에 두 사람만 함께 있게 되었고, 어느 사이에 밖에 데리고 나가져, 어느 사이에 호텔까지 들어오게 되었다. 특별히 남자가 싫은 것도 아니었기 때문에, '뭐, 하룻밤 정도는 괜찮겠지?'라는 기분이었다.

지금 침대 옆에는 '료'가 걸터앉아 있고, 두 사람은 TV에 나오는 AV를 함께 보고 있었다. 그러다 문득 미카는 침대 의 머리맡에 '추억 노트'라고 쓰여 있는 노트가 한 권 있다 는 것을 알아차렸다. 미카는 아무런 생각 없이 노트를 훌 훌 넘겨봤다.

여러 가지가 쓰여 있었지만 어느 것도 보통 연인들의 별것 없는 이야기거나 푸념 같은 것뿐이었다. 그런데 노 트의 아래쪽에 '어드벤처 게임'이라고 쓰여 있는 것이 보 였다.

"어드벤처……?"

미카는 다음 페이지를 넘기고 같은 부분에 쓰여 있는 글 을 읽었다.

'당신의 머리카락은 길어? Yes는 12페이지로. No는 게 임 오버'라고 쓰여 있었다.

미카는 머리가 어깨까지 길게 늘어져 있다. 손이 저절 로 노트에 쓰여 있는 페이지대로 12페이지를 펼쳤다.

'당신은 마른 사람? Yes는 18페이지. No는 게임 오버.'

미카는 아무리 먹어도 살이 찌지 않는, 상당히 마른 타 입이었다. 다시 18페이지로 넘겼다.

"그게 뭐야?"

료가 옆에서 들여다봤다.

"어드벤처 게임. 다음은 18페이지."

"흐음······."

료는 시시하다는 듯 노트를 슬쩍 보고는 다시 TV에 몰두했다.

'당신은 클럽 라군에 있었어? Yes는 24페이지. No는 게임 오버.'

"어라?"

자신도 모르게 미카는 목소리를 내버렸다. 확실히 클럽 라군에 있었던 것이다. 24페이지로 넘어갔다.

'클럽에서 남자와 만났니? Yes는 35페이지. No는 게임 오버.'

미카는 희미한 전율을 느끼면서 35페이지로 손을 넘기고 있었다.

'남자의 이름은 료? Yes는 40페이지. No는 게임 오버.'

미카는 떨리는 손으로 페이지를 넘겼다. 거기에는 말라서 다갈색이 된 피로 물든 손자국이 찰싹 들러붙어 있었다. 그리고 그 밑의 여백에 한 문장이 쓰여 있었다.

'도망쳐! 그 남자는 여자의 얼굴을 잘게 자르는 것을 좋아하는 미친 사람이야!'

미카는 떨리는 가슴을 가다듬고 가능한 한 조용히 노트를 닫았다. 그리고 침대에서 조용히 일어나 천천히 걸어서 방의 문을 나섰다.

　　"거기 서!!"

　　'료'의 목소리가 뒤에서 들리는 순간, 미카는 전력질주로 방을 뛰쳐나왔다. '료'가 고함치는 소리가 들렸지만, 무엇을 말하는지는 알아들을 수 없었다.

## 화과자 가게

　나는 잡지 에디터로 일하고 있다. 주로 행사 관련 기사나, 음식점을 소개하는 기사를 쓰고 있다. 내가 직접 취재를 부탁할 때도 있지만, 독자에게 얻은 정보를 바탕으로 취재에 나설 때도 있고, 가게 쪽에서 연락을 취해 기사를 내달라고 할 때도 있다.

　그런 경우에는 마음이 내킬 때 취재하러 가는 편이다. 그렇다고 가게를 정하는 데 기준이 있는 것은 아니고, 이 가게라면 기삿거리가 있을 것 같다는 감에 따라 움직이는 것이 대부분이다.

　어느 날 마감을 끝내고 나니, 새벽에 일이 끝나 한가해진 터였다. 다들 어딘가로 놀러 가거나 취재를 하러 나가서 편집부에는 사람이 거의 없었다. 나는 딱히 어디 갈 곳도 없고, 뭐 재미있는 일이 없을까 하는 생각에 그날 도착한 독자 엽서를 살펴보고 있었다.

그중 봉투 하나에, 사진 한 장과 편지가 들어 있었다. 사진에는 그야말로 옛날 가게라는 느낌이 확 나는 오래된 화과자 가게가 찍혀 있었다.

편지지에는 잉크 자국이라고 할까, 쓰고 나서 마르기 전에 손으로 비빈 것 같은 느낌의 더러운 글자로, '맛있습니다. 꼭 와주세요'라고 쓰여 있을 뿐이었다.

왠지 기분은 나빴지만, 한편으로는 호기심이 일었다. 마침 시간도 있겠다, 한번 찾아가 보기로 한 것이다.

'와주세요'라고 쓰여 있는 걸 보면 아마 가게 주인이 직접 보낸 거겠지.

편지 봉투의 주소를 보고 대충의 위치를 파악했다. 평소에는 인터넷에서 검색해보고 나가 정확한 위치를 확인하지만, 그날따라 귀찮았던 것이다. 가게를 못 찾으면 그냥 드라이브한 셈 치자는 가벼운 기분이었다.

한 시간 정도 운전해 목적지 주변까지 도착한 나는 근처 슈퍼 앞에 차를 세우고, 걸어서 가게를 찾기로 했다.

사진을 보면서 몇십 분이 지나도록 터벅터벅 걸었다.

아마 이쯤이다 하고 싶어서 여기저기 둘러보았지만, 그곳은 그저 한적한 주택가라 화과자 가게 같은 건 보이지 않았다.

뒷길에 있나 싶어 길 옆으로 나와 보니, 한 채의 빈집이 보였다. 덧문은 닫혀 있었지만, 뜰은 몹시 황폐해져서 잡초투성이였다. 누가 봐도 한눈에 폐가다 싶은 집이었다.

기분이 나빠져서 눈을 돌리는데, 문득 위쪽에서 시선이 느껴졌다. 깜짝 놀라 그쪽을 바라보자, 2층의 방 하나만 덧문이 닫혀 있지 않은 창문이 있었다.

설마 사람이 있는 건가. 이상한 생각이 들자, 기분이 나빠져서 서둘러 거기를 벗어나기로 했다.

그 후 한동안 더 주변을 돌아다녔지만 사진 속의 가게는 역시 찾을 수 없었다.

그대로 걷는 사이 주소와는 꽤 떨어진 상가까지 와버렸다. 나는 근처 슈퍼에 들어가 주스를 사는 김에, 가게 주인 할아버지에게 사진을 보여주며 물어봤다.

할아버지는 사진을 보자 의아하다는 얼굴로 한참을 들여다보더니 마침 생각이 났는지 외쳤다.

"아, 이거, A씨잖아! 그런데, 이 사진은 대체 어디서 난 거요?"

"아, 저는 잡지사 기자랍니다. 그래서 그 가게를 취재하고 싶어서요. 사진은 그 가게에서 보내줬어요."

"응? 그게 무슨 소리요. 이 가게, 10년 전에 불이 나서 타버렸는데⋯⋯."

"네? 그럼 가게 주인분은⋯⋯."

"내외가 모두 그때 사고로 세상을 떠났지."

"⋯⋯그럼 지금 그 자리는 어떻게 됐나요?"

"그 후에 새로 집을 지어서 누가 이사를 왔었지만⋯⋯. 뭐, 그 집 사람들 얼마 지나지 않아서 이사를 가버려서 지금은 빈집이요. 그나저나 누가 보낸 건지는 모르지만 참 못된 장난을 쳤네, 그려."

빈집⋯⋯. 아까 그 집일까. 분명 시선을 느꼈다는 생각이 들자, 갑자기 공포심이 일어 나는 굳이 확인하고 싶지 않았다.

할아버지에게 감사 인사를 하고 그길로 다시 잡지사로 돌아왔다.

편집장에게 경위를 이야기하고, 그 편지 봉투를 보여주려고 가방 안을 뒤졌는데, 아무리 찾아도 없는 것이었다.

"어디 떨어트렸나 봅니다. 차에 있나? 가서 찾아보고 올게요"라고 말하고 자리를 뜨려는데, "그거, 아마 찾아도 없을 거야"라면서 편집장이 만류했다.

"5, 6년 전인가, 그때도 똑같은 일이 있었거든. 취재를 간 건 내가 아니라 내 선배였지만."

"네? 혹시 어느 분이 가셨었나요?"

"아니, 자네는 모르는 분이야. 그때 취재하러 갔다가 돌아오지 못하셨거든. 'S마을 화과자 가게 취재 다녀올게요'라면서 나간 후에 말이지. 그 당시에는 꽤 큰 난리가 났었지. 차를 탄 채 그대로 사라졌으니까. 그 후 선배도, 차도 끝내 발견되지 않았어. 나는 선배가 가기 전에 봉투랑 편지를 다 봤었거든. 근데 지금 자네가 말한 거랑 거의 비슷하네. 혹시 장난일지도 모르지만 이건 잊어버리게. 더 알아보기에는 예감이 너무 안 좋아."

그 후 나는 뭔가에 홀린 것같이 찜찜한 느낌이 들어 그 엽서를 찾아 차 안을 뒤져봤지만, 아무리 뒤져도 그 봉투는 발견되지 않았다.

누가 그 봉투를 보냈는지, 왜 그 선배가 사라졌는지, 왜 나에게 그런 편지가 왔는지……. 3년이 지났지만 아직도 모든 것은 의문투성이다.

그 일이 있은 후로 나는 아직도 독자 엽서를 읽는 것이 두렵다.

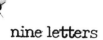

## nine letters

나는 최근에 자취를 시작했다. 지금 사는 아파트를 구하는 데 상당히 고생했지만, 어쨌거나 겨우 생활이 자리를 잡아가고 있다.

어느 날 새벽 1시. 나는 거실에서 TV를 보고 있었다. 그때 갑자기 휴대전화와 집 전화가 동시에 울리기 시작했다.

정신이 없어서 우선 집 전화를 먼저 받았다. 조금 초조한 것 같은 친구의 목소리였다.

"무슨 일이야?"

"다행이다, 아직 안 잤구나. ……혹시 이상한 문자 받지 않았어?"

"문자?"

"뭐랄까, 영어로 된 문자인데……. 혹시 휴대전화 소리 안 났어?"

나는 그제야 휴대전화를 열어보았다.

정말 문자가 와 있었다.

거기에는 이렇게 쓰여 있었다.

'1em#g:wt4diks%7wmhtxrcb&j
¥7mdyvbqak+luh_/qyv3jmp!8mhxgbfmeq5gxgqnb??
hil9kmzxyutrobh]g2zwbd*gj&hi―ur〉vzx

I'll give you ten minutes. Find my message. START!
HINT:nine letters.'

발신 번호도 모르는 전화번호였다.

"……문자 왔는데."

"나한테는 12시 57분에 왔어. 뭘까 이거? 조금 기분이 나쁘지만, 문제가 마음에 걸려서 찾고 있었거든. 이제 5분 정도 남았나?"

"그럼 같이 해보지, 뭐."

우리는 전화로 상의하면서 이 문제를 같이 풀어보기로

했다. 신경 쓰지 않는 편이 좋다는 생각도 들었지만, 어쩐지 대답하지 않으면 안 될 것 같은 생각이 들었다.

시간은 1시 2분. 우리들은 계속 고민하고 있었다. 하지만 도저히 알 수 없었다. 그저 문자를 나열한 것처럼 보일 뿐이었다. 힌트라고 해도 'nine letters'라는 것뿐이다.

"알 거 같냐?"

"전혀……. 그렇지만 힌트에 '9 글자'라고 되어 있잖아. 저 속에 '9 글자'로 된 뭔가가 있는 거 아닐까?"

"그런 것 같긴 한데……."

1시 7분.

"아……, 난 게임 오버다……."

친구는 이미 10분이 다 된 것이다. 그때, 전화 너머로 인터폰이 울리는 소리가 들렸다.

"어……, 누가 왔어……?"

"한밤중인데!? 그럴 리 없잖아! ……설마 이 문자 때문인가……."

"괜찮을 거야, 분명……. 일단 문 너머로 보기만 하면 되잖아. 문만 열지 않으면 괜찮을 거야."

"응……. 그럼 보기만 하고 바로 올게."

친구는 전화를 내려두고 현관으로 향한 것 같다.

1시 8분.

친구는 돌아오지 않았다. 어떻게 된 것일까? 설마……

그 순간 나에게도 이젠 2분밖에 시간이 없다는 다급한 마음이 일었다. 우선 문제에 신경을 쏟기로 했다.

이런 시답지 않은 문자 하나의 제한 시간은 별 의미가 없다는 것도 알고 있었지만, 어째서인지 나는 무척 초조해졌다.

나는 친구가 말한 '9 글자'에 주목했다. 그 안에서 공통점이 있는 '9 글자'의 단어를 찾아야 한다.

1시 9분.

이제 1분 남았다. 왠지 식은땀이 나고 심장이 계속 뛰고 있었다. 그렇지만 궁지에 몰려서도 나는 냉정했다. 모든 신경을 휴대전화 화면에 집중시켰다. 그리고 찾았다…….

숫자였다. 숫자는 확실히 문자 내용 중 9개밖에 없었다. 그러나 거기에서 더 이상 알아낼 수가 없었다. 이대로라면 알아내지 못할 것 같았다.

하지만 그 순간, 나는 계시라도 받은 것처럼 머리에 정답이 떠올랐다. 숫자로부터 그 숫자만큼 뒤에 있는 글자. 그랬다. 숫자의 뒤에 있는 글자가 정답이었던 것이다. 그러니까 처음 1의 뒤에 있는 글자는 e, 그다음인 4는 s…….

이렇게 해서, 나는 이런 글자를 찾아냈다.

'e s c a p e n o w.'

'escapenow…… Escape Now(당장 도망쳐라)?!'

나는 전율했다. 수화기 너머의 친구는 아직도 말이 없었다. 혹시 10분 이내에 집에서 도망치지 않아서인가? 이 극심한 공포감은 그냥 장난이라고는 생각할 수 없었다. 시계를 보니 정확히 1시 10분이 되었다.

이제 시간이 없다! 도망쳐야 한다. 나는 현관으로 달렸다. 그렇지만 문고리에 손을 대자 머릿속에 무서운 생각이 들었다.

'만약 문 저편에서 살인마가 나를 기다린다면…….'

그렇지만 어차피 죽는 건 마찬가지다. 나는 결심하고 문을 열었다. 다행히 문 밖에는 아무도 없었다. 아직 늦지 않았다!

나는 문도 잠그지 않고 밖으로 뛰쳐나왔다. 통로를 달리고, 계단을 내려와서 가까운 편의점으로 달렸다. 그곳이라면 안전할 것 같았다.

작은 주택가에, 나의 발소리가 울려 퍼졌다. 달아날 수 있다! 나는 차츰 안도감이 들었다.

이제 다음 모퉁이만 돌면 편의점이 나오는데, 그때 문자가 왔다.

혹시 친구가 보낸 걸까? 전화를 안 받는 내가 걱정돼서 문자로?

나는 휴대전화를 열었다.

문자를 보낸 것은 10분 전, 그 번호였다.

이렇게 쓰여 있다.


'G A M E O V E R.'


그리고 뒤에서 누가 내 어깨를 잡았다.


"오늘 아침, X시의 노상에서 오른쪽 어깨에서 팔이 잘려나간 사체와, 아파트 현관에서 목이 잘려나간 사체가 발견었습니다. 둘 모두 휴대전화를 꼭 쥐고 있었고, 같은 발신인에게 같은 내용의 문자가 와 있었다고 합니다."

# 피부 바리

나는 2달 전까지 병원에서 근무를 했다. 병원은 환자들이 있는 곳이다 보니 식사에 있어서도 많은 제약이 따른다. 특히 당뇨병에 걸린 환자들은 가족이 음식을 사오더라도 먹어서는 안 되고, 매점에서 군것질을 하는 것도 금지였다. 병원에서 주는 규정된 식사만 허용되기 때문이다.

하지만 사람이니 당연히 배가 고프기 마련. 특히 병원밥은 외부의 자극적인 음식보다 맛도 없을뿐더러 양도 적고 이른 저녁에 배급이 되니 도저히 배가 부르지 않는다.

당뇨병과 치매에 걸려 입원해 있던 이마이 씨라는 할아버지도 그것이 불만이었다. 매일매일 "배고프다. 뭐 먹을 것 없어?"라며 간호사실에 찾아오곤 했다. 간호사들이 아무리 달래도 "배고파, 배가 고프다고!"라며 울 때도 있었다. 솔직히 참 곤란했다.

하지만 어느 한순간을 기점으로 그런 일이 사라졌다. 직원 대부분이 늘 이마이 할아버지에게 시달렸던 터라 다들 놀랄 정도였다. 그와 동시에 "겨우 편해졌네"라고 안심하며 좋아했다.

그러나 몇 주 뒤, 야근을 하는데 순찰을 하던 간호사가 얼굴이 사색이 되어 간호사실로 뛰어들어 왔다.

"이마이 씨가! 사노 씨를!"

놀라서 병실 쪽으로 뛰어갔더니, 식물인간 상태로 와병 생활을 하고 있는 사노 씨의 팔에 상처가 나 있었다. 그리고 그 옆에는 피부의 표피를 핥아 먹고 있는 이마이 씨가 있었다.

곰곰이 생각하니 최근 사노 씨의 피부가 벗겨지는 일이 부쩍 많았다. 하지만, 피부 박리는 병원에서 일상적인 일이라 간호사들도 크게 신경 쓰지 않았는데, 공복을 견디지 못한 이마이 씨가 조금씩 사노 씨의 피부를 벗겨서 먹고 있었다니…….

야근 간호사들은 소름이 끼쳐 그 자리에서 털썩 주저앉고 말았다.

사람들이 몰려왔음에도 이마이 씨는 계속 피부를 빨면서 "배고파, 배고파"를 외쳐대고 있었다.

이후 간호부장에게 보고가 올라갔고, 이마이 씨는 다른 병원으로 옮겨졌다. 그리고 반년 정도 후 세상을 떠났다는 이야기를 나중에 들을 수 있었다.

# 커다란 가방

미나코는 그 기묘한 광경에 걸음을 멈췄다. 고등학교 소프트볼부의 연습이 끝나고 돌아가는 길. 이미 도시는 완전히 어두움에 가라앉아 있었다.

아침까지 내리던 비가 아스팔트를 적셔놓아 포장된 도로는 가로등의 빛을 받아 눈부시게 빛나고 있었다.

그 가로등 아래에 마치 스포트라이트를 받는 것처럼 웬 할머니가 서 있었다. 옆에는 검은색의, 커다란 가죽 가방이 하나 놓여 있었다. 할머니는 그것을 필사적으로 난간 위로 밀어 올리려고 하고 있었다.

할머니가 있는 부근은 정확히 용수로가 지나가는 곳이어서, 할머니는 그 가방을 용수로에 떨어트리려는 것처럼 보였다.

기묘한 것은 그 가방의 크기였다. 할머니가 들고 있기에는 버거울 정도로 너무 컸다. 무릎을 구부리면 그 할머니 한 사람 정도는 쑥 들어갈 정도의 크기였다. 그리고 매우 둔탁한 무게감마저 느껴지는 가방이었다.

마치 사람이라도 들어 있을 것 같은 느낌의 무게……

괜한 생각이 여기까지 미치자, 미나코는 이 스산한 분위기가 감도는 장소를 빨리 벗어나고 싶었다.

이상한 기분에 오한이 든 미나코가 뛰어서 지나쳐야겠다고 생각한 순간, 이미 할머니와 눈이 마주쳐버렸다. 할머니는 갑자기 올리려던 가방을 땅에 내려놓더니, 미나코 쪽으로 몸을 돌려 깊숙이 머리를 숙였다.

철렁 가슴이 내려앉으며 순간 멈칫했지만, '괜한 걱정일 거야!' 하고 마음을 다잡은 미나코는 할머니 쪽으로 가는 수밖에 도리가 없었다. 최대한 침착하게 아무렇지도 않은 듯하며, 미나코는 할머니의 옆으로 다가갔다.

"할머니, 제가 좀 도와드릴까요?"

"죄송합니다. 처음 뵙는 분에게 부탁하기는 좀 그렇지만 도와주실 수는 없나요?"

할머니는 선량한 표정으로 최대한 공손하게 말했다.

"아……, 네. 제가 도와드릴게요. 이것 가방 말인가요?"

"예. 이 가방을 강에 버려주셨으면 합니다."

"이것을 강에요……?"

"예. 아무쪼록 부탁드립니다."

"가방이 커서 무거울 것 같은데……. 안에 뭐가 들은 거예요?"

"아, 이건 그냥 손자가 쓰던 물건입니다. 이젠 필요가 없어져서……."

"손자요……."

"예, 부탁합니다."

할머니는 미나코를 향해 합장을 하며 역시 공손하게 고개를 숙였다. 미나코는 약간의 현기증을 느끼며 그 큰 가방을 들어보았다.

역시 보던 느낌대로 무거웠다. 그런데 묘하게 부드러웠다. 그 감촉이 뭔가 기분 나쁜 오싹함마저 들게 했다.

미나코는 소프트볼부 활동으로 단련된 근육들을 유감없이 발휘하며 가방을 천천히 들어 올렸다. 번쩍 시원스레 들려고 맘을 먹자면 가볍게 들 수 있는 무게였지만, 마음속에 왠지 모를 찜찜함이 신중함을 요하게 했다. 천천히, 일부러 거칠게 숨을 내쉬며 미나코는 가방을 난간 위까지 들어 올렸다.

흘끗 뒤를 돌아보니 할머니는 "감사합니다. 감사합니다……"라며 계속 미나코를 향해 합장을 하고 있었다. 할머니는 눈을 감고 빌고 있는 것처럼 보였다.

미나코는 왠지 모를 찜찜함과 호기심이 발동해 가방 지퍼에 손을 대고 소리가 나지 않도록 살짝 열어 보았다.

모포였다. 무엇인가를 모포에 싸둔 게 보였다. 미나코가 살짝 모포 밑에 손을 집어넣어 보니, 무언가 단단하고 찬 것이 손에 만져졌다.

"뭐하는 거요?"

갑자기 뒤에서 할머니 목소리가 들렸다.

깜짝 놀라 미나코는 비명을 지를 뻔한 걸 겨우 참고 어눌하게 둘러댔다.

"아, 저, 그게…… 손자의 어떤 물건인지가 궁금해져서요……."

"아……, 네. 열어 보셔도 괜찮아요. 그저 몸을 단련하는 도구들이라……."

미나코는 안심이 되면서 모포를 살짝 넘겨 보았다. 확실히 안에는 덤벨이나 쇠로 된 아령으로 가득 차 있었다. 그 이외에는 아무것도 들어 있지 않은 것 같았다.

"손자는 그걸로 자주 운동을 하곤 했지요."

"아……, 손자분은 돌아가셨어요?"

"네. 어쩌다 보니 지난달 병으로."

"그럼 손자분의 양친은?"

"그 아이들은 벌써 3년도 전에 교통사고로 두 사람 모두……."

"……그렇군요."

"이제 나 혼자니……, 어떻게 할 수도 없어서."

"네에……."

미나코는 가방의 지퍼를 닫고 제대로 잡았다. 그리고 천천히 난간으로부터 밀어냈다. 바로 뒤에서는 할머니가 합장한 채 "감사합니다, 감사합니다"라고 계속 중얼거리고 있었다.

가방이 난간으로부터 떨어져 용수로에 툭 떨어졌다. 큰소리가 나더니, 용수로에서 커다란 물보라가 올라왔다. 일을 다 마친 안도감에 미나코는 용수로를 보며 물었다.

"그럼, 이제 다 된 건가요?"

"……."

조용해서 미나코가 돌아보니 할머니는 사라지고 보이지 않았다. 어떤 차가운 시선이 느껴져 눈을 위로 치켜뜬 순간, 할머니의 몸이 허공 위에 떠 있는 것이 보였다.

소스라치게 놀라 커다래진 눈으로 자세히 보니 합장한 채 할머니가 부들부들 격렬하게 몸을 흔들며, 지면에서 떨어진 발은 전력 질주라도 하듯 앞뒤로 움직이고 있었다. 튀어나올 것 같은 눈알에서는 피눈물이 흘러나오고, 코피와 하나가 되어 옷을 빨갛게 물들이고 있었다. 그 목에는 검은 철사가 매어져 있어 가로등 위를 지나 용수로로 향하고 있다.

할머니의 움직임이 멈추고 완전히 숨이 끊어질 때까지, 미나코는 비명조차 지르지 못하고 그 자리에서 얼어붙어 버렸다.

# 밸런타인데이

우리 언니가 직장을 다닐 때 겪은 이야기이다. 언니는 결혼한 뒤 직장을 그만뒀지만, 직장에 다닐 때 매우 사이 좋은 동료가 있었다. 그 사람은 Y씨로, 매우 밝은 성격에 얼굴도 예쁜 친구였다.

2월이 되어서, 언니와 Y씨는 밸런타인데이를 앞두고 함께 초콜릿을 사러 갔다. 언니는 그 당시 지금의 형부와 사귀고 있었기 때문에, 남자 친구를 위한 것과 직장 동료들에게 선물로 줄 것을 몇 개 샀다고 한다. Y씨도 초콜릿을 골랐는데, 값싸 보이는 초콜릿들 사이로 비싼 초콜릿이 딱 하나 섞여 있었다. Y씨는 남자 친구가 없었기에, 궁금해진 언니는 Y씨에게 물었다.

"Y야, 그건 누구한테 줄 거야?"

그러자 Y씨는 아직 사귀는 사람은 없지만, 좋아하는 사람이 있어서 이 기회에 고백할 생각이라고 했다. 언니는 기뻐하는 마음으로 "그래? 힘내!"라고 진심으로 응원해줬고, Y씨도 행복한 미소를 지으며 밝게 웃었다.

마침내 2월 14일.

언니는 남자 친구에게 초콜릿을 건네줬고, 직장 동료들에게도 선물로 작은 초콜릿을 나눠줬다.

직장에서도 여자끼리 서로 친한 사이라면 초콜릿을 주고받았기 때문에 언니와 Y씨도 서로 초콜릿을 주고받았다. 하지만 같이 초콜릿을 사러 갔기에, 두 사람은 서로 같은 초콜릿을 내밀었다. 둘 다 재미있다고 웃으면서도 초콜릿을 주고받았다.

그리고 일을 하던 중, 언니는 캐비닛을 정리하다 무심코 Y씨의 책상에 부딪혔다. 그 바람에 그만 Y씨의 책상 위에 있던 초콜릿 박스가 떨어져, 청소용 물통에 빠져버렸다.

언니는 당황했지만, 아까 Y씨에게 받았던 초콜릿을 떠올리곤 대신 올려놓았다. 원래 언니는 단것을 그다지 좋아하지 않았기에, 자신도 같은 초콜릿을 가지고 있어서 다행이라고 생각하고 한 행동이었다.

다음 날 언니가 회사에 가자, Y씨가 "어라, 어제 준 초콜릿 안 먹었어?"라고 묻는 것이었다. 혹시 어제 초콜릿 떨어트린 걸 들켰나 싶어 당황했지만, Y씨에게 딱히 그런 기색은 보이지 않았다.

이제 와서 사실을 구구절절하게 말하기도 애매했기에, "어제는 돌아가서 피곤했는지 그냥 자버렸어. 오늘 먹어야지"라고 적당히 둘러댔다.


그리고 다음 날, 언니가 출근해 보니 회사가 뭔가 어수선했다. 그런데 동료 한 명이 다가오더니 어젯밤 Y씨가 죽었다는 말을 전해주는 것이었다. 자택에서 죽은 것을 어머니가 발견해 신고했다는 것이다.

처음에는 도저히 믿을 수가 없었다. 바로 어제까지만 해도 밝게 웃으며 건강한 모습으로 이야기했는데, 생각할수록 슬프기보다 어이가 없었다. 그렇지만 그것보다 더 충격적이었던 것은 Y씨 사인이 자살이었다는 사실이었다.

유서는 발견되지 않았지만 음독사였다고 한다.

언니의 슬픔은 여동생인 내가 봐도 괴로울 정도였다. 그렇게 친하다고 생각한 동료였는데, 아무것도 도와주지 못했다는 무력감이 큰 것 같았다. 시기가 시기인 만큼 고백한 남자에게 차여 자살을 택한 것일지도 모른다는 생각에, 자살을 할 정도로 힘들었다면 어째서 이야기하지 않았던 것인지에 대한 고민 때문에 언니는 한동안 무척이나 우울해했다.

그렇게 1년 뒤, 언니는 결혼하고 임신을 했다. 친한 동료를 잃은 슬픔도 점차 누그러지고 있는 것 같았다.

그런데 최근 들어 언니가 또 우울해하기 시작했다. 게다가 Y씨가 죽었을 때보다 더 우울해하는 것 같아 보였다. 나는 걱정이 된 나머지 언니에게 왜 그런지 물었다. 그러자 언니는 슬픈 얼굴로 간신히 이런 이야기를 들려주었다.

Y씨가 죽고 난 뒤, 1년이 지났을 무렵의 밸런타인데이. 언니가 형부에게 초콜릿을 주자, 형부는 괴로운 듯 말했다고 한다. Y씨가 죽기 직전, 자신에게 고백을 했다고. 동료의 남자 친구여서 계속 참고 있었지만, 도저히 자신의 마음을 숨길 수가 없다고 했다는 것이다. 이대로는 자살하거나 언니를 죽일 것 같다는 말까지 덧붙였다고 한다.

형부는 무척 놀랐지만, Y씨와 사귈 생각은 전혀 없고 언니와 결혼할 생각이라며 Y씨는 더 좋은 사람을 만날 거라며 달랬다고 한다.

'역시 Y씨가 자살한 것이 남자 때문이었구나'라는 생각이 들며, 그 남자가 하필 형부였다는 것을 알고 나도 충격을 받았다.

나는 언니에게 무슨 위로의 말을 해야 할지 몰랐다. 그런데 그때 언니가 "차라리 자살이라면 좋았을 텐데"라고 말하는 것이다.

언니는 그 순간 모든 걸 알아버렸다. 그날의 Y씨의 말이 떠올랐던 것이다.

"어라, 어제 준 초콜릿 안 먹었어?"라고 물었던 Y씨를.

자살로 보기에는 유서조차 남기지 않은 너무나 갑작스러운 죽음. 그날 언니의 실수로 뒤바뀐 두 사람의 초콜릿. 자살하거나 언니를 죽일 것 같던 Y씨의 말까지.

나는 억측이라고 언니를 진정시켰다. 이미 끝난 일인데다 뱃속의 조카에게도 안 좋은 영향이 갈 것 같았기 때문이다.

하지만 진실은 나도 모른다. 다만 언니가 너무 불쌍하다는 생각이 든다.

# 암실

학교의 7대 불가사의라는 것을 들어본 적이 있는가? 학교에 관련된 7가지의 괴담이 있고, 그 7가지를 모두 알게 되면 죽음을 맞이한다는 어릴 적의 유행 같은 이야기.

물론 내가 다녔던 초등학교에도 이 7대 불가사의가 있었다.

하지만 대부분은 진지하게 생각할 가치도 없고, 다른 학교에도 돌아다니는 이야기들뿐이었다.

밤에 화장실 네 번째 칸에 들어가면 귀신이 나온다거나, 과학실의 인체 모형이 밤마다 학교를 돌아다닌다거나, 교장실 앞 동상이 밤 12시만 되면 운동장을 뛰어다닌다는 등의 이야기들 말이다.

하지만 우리 학교에는 딱 하나 독특한 불가사의가 있었다. 그것이 지금부터 이야기하려는 '암실'에 관한 것이다. 나는 오랜 세월이 지난 지금도 이 사건이 트라우마로 남아, 아직도 어두운 방에서는 좀체 잠을 청할 수가 없다.

하지만 그 암실에 관한 것도 거창한 이야기가 아니라 생각보다 훨씬 짤막한 이야기였다.

'오후 3시 35분에 암실 안에서 노크하는 소리가 들려온다. 만약 그 소리에 반응해서 이쪽에서도 노크를 한다면 암실 안으로 질질 끌려 들어가고 만다.'

물론 여기에 얽힌 뒷이야기가 있었다. 학교에서의 체벌이 당연한 것처럼 취급되던 시절, 우리 학교에 엄하기로 소문난 T선생님이 계셨다는 것이다.

그 T선생님은 수업 중에 아이들이 떠들거나 장난을 치면, 어느 방에 아이들을 가둬두곤 했다고 한다. 그 방은 특수하게 만들어진 암실로, 창문 하나 없는 데다 문 역시 유리창 하나 없는 철문이었다. 게다가 밖에서 잠그면 안에서는 열 방법이 없어서, 아이가 안에 갇히면 밖에서 문을 열어주지 않는 한 나갈 방법이 없었다고 한다. 거기에 더해 불을 켜는 스위치도 방 밖에 있었기 때문에, 안에 갇힌 아이는 완전한 어둠 속에 감금되는 것이었다.

분명 초등학생에게는 너무나도 가혹한 벌이었으리라.

그러던 어느 날, T선생님이 혼을 낸 아이 중 어두운 곳을 두려워하는 사내아이가 있었다. T선생님은 여느 때처럼 이 아이를 암실에 가두려고 했지만, 아이는 미친 듯이 날뛰며 안에 들어가기를 거부했기에 좀처럼 안에 넣기가 쉽지 않았다. 그럼에도 불구하고 T선생님은 아이를 방에 밀어 넣고 문을 잠가버렸다. 안에서는 문을 격렬하게 두드리는 소리가 울려 퍼졌다. 하지만 T선생님은 그대로, 마치 아무 일도 없었던 것처럼 유유히 교실로 돌아갔다고 한다.

시간이 지나 T선생님이 암실의 문을 열었을 때, 아이는 방 중앙에서 싸늘한 시신이 되어 누워 있었다. 아이는 쇼크 때문에 구토를 했고, 토사물에 목이 막혀 질식한 나머지 숨을 거뒀던 것이다.

당연히 아이의 부모님은 학교에 격렬하게 항의를 했고, T선생님은 사직서를 제출하고 교직에서 물러나야 했다. 학교에서는 T선생님의 사직 후, 그 암실을 사용하는 것을 금지했다.

그 사건 후, 아이들은 물론이고 선생님들조차 기분 나빠하며 그 암실엔 접근조차 하지 않으려 했다.

이윽고 그 방의 존재마저 잊혀갈 무렵, 어느 날부터인

가 그 방에서 참기 힘들 정도로 역겨운 냄새가 풍겨오기 시작했다. T선생님과 그 방에 얽힌 사연을 알고 있는 몇몇 교직원들은 설마 하는 생각에 아이들이 모두 집에 돌아간 뒤 암실을 열었다.

아니나 다를까, 암실 안에는 천장에 목을 맨 채 썩어가고 있는 T선생님의 시체가 있었다.

바닥에는 유서가 떨어져 있었다. 자살이었다.

하지만 단 한 가지, 무척이나 기묘한 점이 있었다. 원래 그 방은 밖에서 문을 잠그는 방식이라, 일단 안에 들어가면 문을 잠글 수가 없었다. 그런데 문은 굳게 잠겨 있었던 것이다.

기묘한 자살 사건의 여파가 채 가시기도 전에, 이번에는 학교 안에서 기분 나쁜 소문이 퍼지기 시작했다.

"정해진 시간만 되면 그 방 안에서 맹렬한 기세로 누군가가 문을 두드린대!"

게다가 이 소문은 실제로 아이들뿐만 아니라, 선생님이나 사무원들 사이에서도 체험한 사람이 있었던 것이다. 특히 암실이 있는 1층에서 휴게실을 이용하는 사무원들은 이 소문 때문에 다들 겁에 질려 있을 정도였다.

그리고 마침내 찾아온 어느 날, 결국 희생자가 나오고

말았다.

학교 안에서 홀연히 A라는 아이가 자취를 감췄다. 그리고 1시간 뒤, 그 아이는 암실 안에 앉아 있는 채로 발견되었다. 이미 심장은 멎어 있었고, 온몸에서는 심한 썩은 내가 풍겼다고 한다.

그날 이후로 아이들 사이에서는 "그 방에는 죽은 아이가 갇혔던 3시 35분이 되면 문을 미친 듯이 두드리는 소리가 난대. 거기에 대고 무심코 노크를 했다간 안으로 질질 끌려 들어가서 갇혀 죽는다는 거야!"라는 소문이 퍼지게 되었던 것이다.

그리고 세월은 흘러, 내가 초등학교에 다닐 무렵이었다. 하지만 암실은 이미 내가 초등학교에 입학할 무렵에는 존재하지 않는 방이었다. 딱히 방이 해체되거나 철거된 것은 아니었다. 다만 암실의 문이 있었으리라고 생각되는 곳에, 콘크리트가 잔뜩 칠해져 벽같이 되어 있었던 것이다. 물론 학교 안내도에도 암실의 존재 따위는 기록되어 있지 않았다. 말 그대로 존재하지 않는 방인 셈이었다.

모르는 사람이 본다면 방이 있었다고는 생각할 수 없는 단순한 벽에 불과했다. 하지만 자세히 보면 분명히 벽에는 문의 자취가 남아 있었고, 그래서 학생들에게는 소문이 자자했다. 그리고 존재하지 않는 방의 정체를 밝히자고 터무니없는 제안을 해온 것이, 괴짜라고밖에 말할 수 없는 나의 친구였다.

초등학생 주제에 무서운 것을 좋아하는 H라는 여자아이였다.

H의 말에 의하면 "무슨 일이 생긴다면 남자아이가 있는 게 훨씬 든든하니까"라는 것이었다.

당시 나는 그다지 활발한 아이는 아니었던 데다 그 이야기에는 별로 흥미도 없었지만, 어쩐지 모르게 나는 쾌히 승낙하고 H와 동행하게 되었다. 그렇게 H와 나는 그 방의 정체를 밝히기 위해 행동에 나섰다.

벽 저편에서 노크 소리가 들려오는 것은 3시 35분이었기에, 우리는 5교시까지 수업이 있는 날을 골라 모험을 해보기로 했다. 노크 소리가 정말로 들리는지 확인하고, 들린다면 우리가 노크를 해보자. 그것이 H의 의견이었다.

나는 "그건 너무 위험하지 않을까?"라고 물었지만, H는 "그러니까 너를 부른 거잖아"라며 내 말을 들을 생각조차 하지 않았다.

그리고 눈 깜짝할 사이에, 시간은 흘러서 3시 35분이 되었다.

그와 동시에 나와 H는 "어"라고 작게 중얼거렸다.

"……똑똑……똑똑똑……똑똑…….."

희미하게 벽 저편에서 소리가 났던 것이다.

노크라고 말하기에는 너무나도 격렬한 소리였다. 오히려 그것은 안에 갇힌 아이가 필사적으로 몸부림치며 도움을 구하는 것 같은 소리였다.

노크 소리에 놀란 내가 움직이지도 못하고 있는 사이, H는 어느새 벽의 정면에 서 있었다. 그리고 오른손을 가볍게 들어 올렸다.

"야……."

가냘픈 나의 제지는 무시당하고, H는 2, 3번 가볍게 벽을 노크했다.

그리고 바로 다음 순간, 주변의 모든 벽이 새까맣게 변했다. 아니, 원래 있어야 할 콘크리트 벽이, 그리고 그 안에 있어야 할 문이 사라져 있었다.

새까맣게 보인 것은 그 안에 있는, 혹은 있었는지도 모를 방이 완전한 어둠 그 자체였기 때문이었다. 밖에서 들어오는 빛조차 삼켜버리는 어둠.

몇 년, 아니, 몇십 년 동안 빛 한 줄기 들어오지 않았던 방과, 거기 갇혀 있던 '무언가'의 통곡.

어둠 그 가장 깊은 밑바닥부터 울려오는 끔찍한 비명과, H의 비명이 들려온 것은 거의 같은 순간이었다.

H는 방에 질질 끌려 들어가고 있었다. 심연에서 H의 다리를 잡아끌고 있는 것은 썩어서 살점이 문드러진 손, 어른 남자의 손이었다.

H도 나도, 어둠 속의 무언가도 비명을 지르며 절규하고 있었다. 그러나 어른들이 달려오는 낌새는 없었다. 어쩌면 아까의 짧은 정적에서 무언가 이상한 점을 눈치챘어야 했을지도 모른다.

그러나 그런 일을 생각하고 있을 여유조차 없었다. 눈앞에서 H가 어둠 속으로 끌려 들어가고 있었다. 형용하기조차 어려운 공포가 나를 덮쳤다.

나는 정신을 차리고, H의 팔을 잡고 있는 힘껏 당겼다. 팔과 다리가 서로 다른 방향으로 잡아당겨졌다. 당연히 H는 아파했다. 하지만 표정에는 아픔 이상의 두려움이 드러나 있었다. 이윽고 남자의 팔은 장딴지에서 복사뼈로 미끄러졌다.

그리고 발목을 잡은 손은 구두로 떨어졌고, 마지막에는 구두가 발에서 벗겨지며 어둠 속으로 빨려 들어갔다. 그 순간, 귓가에 울려 퍼지던 통곡이 파괴적일 정도로 강해진 것 같았다.

정신을 차리자 나와 H는 콘크리트로 메워진, 일찍이 방이 있었는지조차 알 수 없는 벽 앞에서 울고 있었다.

시간은 3시 36분. 아무래도 우리 둘 모두 운 좋게 끌려 들어가지 않고, 살아남은 것 같았다. 다만 H의 구두는 한 짝이 사라져 있었다.

우리들이 큰 소리로 울고 있자, 사무원 아줌마 한 분이 우리에게 다가왔다. 그리고 우리에게 몇 미터 떨어진 곳에서 문득 멈춰 서서 얼굴을 찡그리더니, 갑자기 새파랗게 질리는 것이었다. 아줌마는 서둘러 교무실로 달려갔고, 곧 우리 주변에는 어른들로 가득 차게 되었다.

그 후의 일은 나도 잘 기억나지 않는다. 엄청나게 울었던 데다, 주변 사람들은 계속 시끄럽게 떠들고 있었다. 다만 곧바로 누군가가 따뜻한 코코아를 건네주었고, 그것을 마셔서 조금 안심했던 것만은 기억이 난다. 그리고 구급차에 실려 병원에 간 것도.

나와 H는 한동안 병원에 입원해야만 했다. 둘 다 외상은 없지만, 정신적으로 큰 충격을 받았기 때문이었다.

입원을 하고 있을 무렵, 담임선생님과 부모님, 그리고 중년의 남자 한 명이 병문안을 왔다. 담임선생님은 남자를

"옛날 우리 학교에서 일하시던 선생님이시란다"라고 소개했다.

부모님은 벌써 그 남자에게 이야기를 들었던지, 남자가 이야기를 시작하자 황급히 병실에서 나가버렸다.

그는 나와 H에게 우리가 본 것은 아마 현실일 것이라고 말했다. 그렇지만 차라리 꿈이나 환상이라고 생각하는 것이 앞으로 살면서 편할 테니 그렇게 생각하라고 말해주었다. 그리고 그 방에서 일어난 일을 다른 사람에게 재미 삼아 말하면 안 된다고 다짐을 받았다.

우리는 멍하니 그 이야기를 들었다. 그리고 그의 말대로 학교에 돌아간 후에도 두 번 다시 암실에 접근하지 않았고, 그에 관한 이야기조차 하지 않았다.

이후 나는 도쿄로 이사를 갔고, 대학교까지 도쿄에서 다녀 그 암실이 어떻게 되었는지는 모른다. 하지만 얼마 전에 그 초등학교 홈페이지를 찾아봤더니, 학교 건물 자체가 완전히 변해 있었다. 적어도 그 암실은 남아 있지 않으리라.

아직도 나는 칠흑같이 어두운 방이 무섭다.

H는 그 방에 관해 "거기는 추웠어. 무섭기도 했지만, 다른 것보다 너무나 춥고, 또 추워서 견딜 수가 없었어"라고

말했다.

덧붙이자면 7대 불가사의로 전해지던 암실의 소문이 진짜인지는 나도 알지 못한다. 다만 그 방에서 어느 아이가 죽은 것만은 확실한 것 같다.

그 방은 처음부터 악의에 가득 차 사람들의 목숨을 빼앗는 방이었을까. 아니면 혼자 갇혀서 외롭게 죽어간 아이가 자신을 꺼내줄 친구를 찾으며 울부짖고 있는 것일까.

어느 쪽이든 이제는 알 수도 없지만, 아직도 내 꿈속에서는 어둠으로 가득 찬 그 방이 가끔 나타나곤 한다.

# 한 번 더 만난다면

유치원 때 나는 원생들 중에서도 극성맞기로 손에 꼽혔을 정도로 문제아였다. 매일같이 선생님을 난처하게 해서, 부모님이 몇 번씩이나 유치원에 불려오곤 했다고 한다. 확실히 선생님께 꾸중을 들은 기억은 있지만, 유아 시기의 일이다 보니 단편적으로만 기억이 있다.

그런데 어째서인지 유치원 가까이에 있던 기분 나쁜 '장소'에 관해서는, 머리 한구석에 뚜렷한 기억이 그대로 남아 있다. 그곳은 그저 잡초가 무성한 곳이었지만, 과거에 일어난 지진으로 인해 많은 사람이 죽은 곳이라고 배운 기억이 있다.

그 후 18년이 지났다. 연휴를 맞아 어린 시절 살던 곳을 찾은 나는, 우연히 유치원 앞을 자전거로 지나쳤다.

유치원은 옛날 모습 그대로였지만 잡초가 무성하던 그 '장소'는 변해 있었다. 새로 지은 집들이 줄지어 들어서 있었고, 풍경도 완전히 바뀌어 있었다. 나도 모르게 멈춰 서서 바라보고 있는데, 마침 유치원 버스가 들어왔다.

버스에는 반갑게도 어린 시절의 잊을 수 없는 선생님이 타고 계셨다. 직접 키워낸 원아들을 모두 기억하고 계신 걸까. 선생님이 나를 알아보셔서 18년 만의 재회를 함께 기뻐했다. 선생님은 내가 유치원을 떠난 뒤에도 나를 걱정하셔서 종종 초등학교에 들러서 내 소식을 알아보곤 하셨던 것 같다.

교무실로 들어가서 잠시 동안 들떠서 옛날이야기를 서로 늘어놓게 되었고, 유치원 시절 같은 반이었던 아이들의 이야기가 화제에 올랐다. 워낙 짓궂었던 나에게는 친구가 드물었고, 나는 유일하게 사이가 좋았던 B의 근황을 물어보았다.

"B군 말이구나……. 그 친구는 13년 전에 이미 세상을 떠났단다."

나도 몰랐던 갑작스러운 소식에 "네?!" 하고 소리를 질렀다.

"그 아이, ○○○(당시의 그 '장소')에 있던 지장보살을 곧잘 가지고 놀았었지. 어쩌면⋯⋯."

이어 선생님이 하신 말씀으로 나는 옛날의 기억⋯⋯, 떠올려서는 안 되는 기억이 되살아나고 말았다.

확실히 당시 그 장소에는 부근에 큰 비석이 서 있었고, 작은 불탑들도 여러 개 놓여 있었다. 나는 B가 그것 중 하나를 휘둘러서 부러뜨리는 것을 보았다. 그리고 나 역시 함께 지장보살에게 돌을 던지면서 놀았다.

나는 그 '장소'에 관해서 물어보았다. 선생님은 그 자리에 있던 비석은 오래전에 옮겨졌고, 충분한 공양을 거친 후 땅을 매립해서 집이 들어선 모양이라고 했다. 하지만 역시나 귀신을 보았다는 사람들이 속출했고, 몇 번 정도 소유주가 바뀐 후에는 최근 몇 년간 아무도 살지 않고 있다고 했다.

'만약 B에게 해코지가 갔다면 다음 차례는 나일지도 모른다⋯⋯.'

나는 선생님에게 다급하게 인사를 하고 유치원을 떠났다. 자전거에 올라탄 채 나는 그 '장소'로 가, 세워진 새 집을 올려다보았다. 외관상 3층 건물의 제법 좋은 집이었다.

그때, 갑자기 3층의 창문이 열렸다.

'지금은 빈집이라고 들었는데……? 그렇다면 바로 얼마 전에 새로 입주한 것일까?'

창문에서 여자아이가 얼굴을 내밀었다. 15살쯤 되었을까? 이쪽을 가만히 노려보았다. 기분이 나빠진 나는 자전거 페달을 밟기 시작했다.

그 순간, 여자아이가 내 뒤통수를 향해 말했다.

"다음은 너야!"

정신을 차렸을 무렵 나는 필사적으로 자전거 페달을 밟아 달리고 있었다.


얼마 뒤 나는 가까운 절에 찾아가 주지 스님에게 사정을 이야기하고 조언을 구했다. 그러자 주지 스님은 돌려보내는 의식을 하고 힘겹게 말해주셨다.

"자네에게는 대단히 크고 무서운 위험이 다가오고 있네. 앞으로 그곳에는 두 번 다시 가까이 가지 말게나."

한 번 더 그 여자아이를 보게 되면 그때가 나의 최후인 것이다.

# 썩어가던 것

어린 시절, 어렸기에 판단조차 못 하고 아무 생각 없이 지나쳤던 일들. 그리고 선명하게 남아 있는 그 기억. 나중에서야 사실을 알아차리고 소름 끼치는 일이 자주 있다. 예를 들자면 내가 초등학생이었던 때의 일이다.

학교를 다닐 때 등굣길은 한쪽이 논인 시골길이었다. 도중에는 망해버린 마네킹 공장이 있고, 그 너머에 싸구려 과자 가게가 있었다. 마을은 논 저편에 있어 점처럼 보일 뿐이었다.

마네킹 공장은 이미 망한 지 시간이 좀 흘렀던 모양이어서, 사람이 일하는 모습은 본 적이 없었다. 폐쇄된 공장 부지 구석에는 이리저리 흩어진 마네킹의 잔해가 쌓여 있고, 그것이 철조망 사이로 보였다. 그 모습은 우스꽝스러우면서도 어쩐지 기분을 나쁘게 했다.

공장 부지는 폭이 너른 도랑이 둘러싸고 있어 지독한 악취를 풍기고 있었다. 흐리고 썩어가는 물. 이리저리 쌓여 있는 대량의 쓰레기.

어느 날 지나가다 문득 평소에는 지나다니지 않는 공장의 뒤편으로 가보았다. 도랑의 상태는 도로 쪽보다도 나빴다. 수많은 쓰레기 중에는 상반신만 떠올라 있는 여자 마네킹도 섞여 있었는데, 하얗게 떠올라 있는 그 얼굴은 쓰레기통 같은 도랑에서 마치 점같이 보였다.

끌어 올려서 친구들한테 보여주면 인기가 있을 거라는 생각도 잠시 했지만, 물이 너무 더럽고 떠 있는 곳도 멀어서 포기했다. 대신 다른 녀석이 혹시 끌고 올라오면 안 될 테니, 이 발견은 아무에게도 말하지 않고 비밀로 하기로 했다.

그로부터 당분간은 그 마네킹의 상태를 보러 가는 것이 일과가 되었다. 그렇지만 슬픈 것은 날마다 그것이 썩어들어 가고 있었다는 것이다. 며칠이 지나자 흰 피부는 변색되기 시작하고, 윤기도 사라졌다. 드디어 풍성한 머리카락이 빠져나가 드문드문해졌다. 윤기를 잃은 피부는 검게 움푹 파여 나가고 심지어 쥐가 갉아먹은 것 같은 부분도 보였다. 이제 원래 모습은 모두 사라졌다. 그때 나는 이미 완전히 흥미를 잃고 있었다.

마지막으로 보았을 때는 수면을 가득 덮은 쓰레기 더미에 파묻혀서, 한 치 아래도 보이지 않는 더러운 물에 대부분이 잠겨 있었다. 간신히 수면으로 보이는 부분도 물을 흡수해 보기 흉하게 부풀어 있었다. 그것은 이미 단순한 쓰레기였다.

어느 정도 시간이 흐른 뒤 문득 마네킹이 떠올라 한 번 더 보러 갔다. 그렇지만 이미 그것의 모습은 거기에 없었다. 그리고 초등학교를 졸업하자 그 길을 지나가게 되는 일도 없어졌다.

그러다가 고등학교 3학년 여름방학. 추억의 장소를 자전거로 지나게 되었다. 그 도랑도 문득 생각이 나서 가보기로 결심했다.

경치는 완전히 변해 있었다. 논은 매립되어서 주택가가 들어서 있었고, 공장 부지는 주차장이 되어 있었다.

나는 마네킹을 천천히 떠올리면서 어릴 때의 추억에 잠겼다.

그 순간 등 뒤로 소름이 엄습하며 뒤통수를 뭔가에 얻어맞은 것처럼 나는 아연실색했다.

플라스틱이 그렇게 썩어가는 재료였던가? 그것은 마치 사람이 썩어가는 과정과 똑같지 않은가…….

어린 시절에는 생각하지 못했던 무서운 사실을, 나는 문득 알아버린 것이다.

이제 진실은 더 이상 알 수 없다. 단지 한때는 그리운 추억이었던 어린 시절의 일이, 이제는 다른 사람에게조차 말할 수 없는 꺼림칙한 기억이 되었다는 것이 그저 슬플 따름이다.

# 빨간 하이힐

그 사건은 금요일에 일어났다. 나는 예약해둔 펜션으로 가기 위해 한밤중에 고속도로를 달리고 있었다. 조수석에는 여자 친구인 요코가 앉아 있었다.

"비가 그쳐서 다행이다. 역시 우리가 평소에 착한 일을 많이 해서 하늘도 우릴 도와주나 봐."

나는 장난스럽게 요코에게 말을 건넸다.

요코는 "응"인지 "흐음"인지 구별이 가지 않게 조용히 대답했다.

원래 계획은 더 일찍 출발할 생각이었다. 그렇지만 내 일이 늦어지는 바람에 이렇게 한밤중에서야 출발을 하게 된 것이다. 아무래도 요코는 그것이 불만인 것 같았다.

출발하고 나서는 계속 창밖만 보고 있고, 내가 말을 걸어도 기운 빠지는 대답만 했다. 나는 요코의 비위를 맞춰주기 위해 필사적으로 애쓰고 있었다.

어느덧 고속도로를 빠져나와 산길을 달려 한 고개로 접어들었다. 펜션은 그 고개를 넘으면 바로 있다. 나의 노력으로 요코도 기분이 조금은 풀린 듯, 평소처럼 신 나게 말하기 시작했다. 나는 살짝 안심했다.

하지만 방심은 금물이라 했던가. 조금 전부터 슬슬 배가 아파왔다.

"화장실 좀 찾으러 가도 될까?"라고 하면 그나마 겨우 맞춰 풀어진 요코의 기분을 해칠 것 같아 나는 필사적으로 참았다. 이따금씩 공중 화장실이나 편의점을 지나칠 때마다 온몸에서 식은땀이 흘러나왔다.

요코와 대화하고 있긴 하지만, 점점 내 얼굴에서는 웃음기가 사라졌다. 하지만 요코를 위해서라도 꾹꾹 눌러 참아, 마치 치킨 레이스를 하는 것 같은 느낌마저 들었다. 그러나 고개의 정상에 도착할 무렵, 나의 인내심도 한계에 부딪혔다.

하필 그곳은 완전히 고개의 한가운데였다. 편의점은커녕 민가조차 보이지 않았다. 최악의 사태가 머릿속을 스치고 지나갔다. 식은땀이 줄줄 흘렀다.

그때, 가로등 하나 없는 어두운 길 저편에서 마치 떠오르듯 작은 주차장과 공중화장실이 보였다. 나는 지체 없이 그쪽으로 핸들을 돌렸다.

"왜 그래? 화장실 가려고?"

요코의 말에 조심스럽게 대답했다.

"응……. 금방이면 돼. 버티기 힘들어서……."

"바로 화장실이 있어서 다행이네."

그녀가 웃으면서 말했기 때문에, 나는 마음을 놓고 차를 멈췄다. 그곳에는 자동차 4대 정도가 주차할 수 있는 공간과 공중화장실이 있었다. 가로등은 하나만 켜져 있어 주변은 어슴푸레했고, 다른 차는 한 대도 없었다.

나는 요코를 차에 남겨두고 차에서 내렸다. 화장실은 좌우에 입구가 있고, 왼쪽에 남자 마크가 붙어 있었다. 밖에서 보기에도 낡고 더러워 보였다. 평소라면 기분 나빠서 결코 들어가지 않았겠지만, 지금 나에겐 선택할 여유 같은 건 없었다.

종종걸음으로 왼쪽 입구로 들어갔다.

입구에 들어서야 알았지만, 화장실 안은 절전을 위해서인지 불이 전부 꺼져 있었다. 가까스로 천장 근처 창에서 달빛이 들어오고는 있었지만, 안은 깜깜해서 아무것도 안 보였다.

나는 라이터에 불을 붙이고 화장실 안을 들여다보았다.

오른쪽 벽에 스위치를 겨우 찾아서 누르자, 지지직거리는 작은 소리와 함께 형광등의 창백한 빛이 화장실을 채웠다. 형광등이 낡은 것인지 불규칙하게 깜빡였지만, 일을 보기에는 충분했다.

화장실은 오른쪽 벽 옆에 소변기가 4개 있고, 그 왼쪽으로 칸들이 서 있었다. 모두 3칸이 있었지만, 맨 마지막 것은 용구함인지 작은 자물쇠로 잠겨 있었다. 첫 번째 칸을 열고 들어가려 했지만 너무 더러웠다.

나는 얼굴을 찡그리며, 두 번째 칸의 문을 열었다. 여기는 그나마 좀 깨끗한 편이었다.

나는 칸 안으로 들어가 문을 잠그고 볼일을 보았다.

가벼운 쾌감을 느끼며, 칸막이 안의 모습을 살펴보았다. 오른쪽 아래의 틈새로는 작은 나방 한 마리가 죽어 있었다. 왼쪽 틈새에는 걸레 같은 게 보였다. 더러운 화장실이었지만 의외로 화장지는 제대로 있어서 나는 안심이 되었다.

볼일을 다 보고 바지를 올리려고 하는데, 문득 입구 쪽에서 인기척이 느껴졌다. 따로 소리가 난 것은 아니었다. 그저 기척이 느껴졌던 것이다. 천천히 걷는 발소리가 작게 울려 퍼졌다.

'나 말고도 화장실에 온 사람이 있는 걸까?'

하지만 어쩐지 발소리에 집중하게 되어 나는 귀를 기울였다.

'맨발인가?'

발소리는 칸막이 앞에서 딱 멈췄다. 그 고요함에 긴장해서, 나는 무심코 침을 꼴깍 삼켰다. 그 소리가 온 화장실에 울려 퍼지는 것 같은 착각이 들었다.

끼익하고 문이 열리는 소리가 오른편에서 들렸다. 나는 순간 마음이 놓여서 올리려던 바지를 정리하고 벨트를 맸다. 그리고 나가기 위해 문에 손을 대는 그 순간, 문득 깨달았다.

오른쪽에서 문을 닫는 소리가 나지 않았던 것이다. 그 의문 때문에 나는 무의식적으로 아래쪽을 내려다보았다.

틈새로 이쪽을 향해 있는 맨발 2개가 보였다. 더러운 맨발이 이쪽을 향하고 있는 것이다. 그것을 보자 순간 소스라치게 놀라 온몸에 한기가 퍼졌다.

다리가 풀리며 뒷걸음치다 등이 뒤의 벽에 부딪혔다.

그리고 넋을 잃은 것처럼 넘어졌다. 그 순간, 치직 하는 소리와 함께 화장실 안의 불마저 꺼져버렸다.

"아――――악!"

내 입에서 작은 외마디 비명이 새어나왔다. 몸에 힘이 들어가지 않고 얼어붙어서 움직일 수조차 없었다. 머릿속이 새하얀 공포로 가득 찼다. 무슨 일이 일어나는 것인지 이해할 수는 없지만, 칠흑 같은 어둠 속에서 공포감이 엄습해왔다.

암흑 속에서, 또 발소리가 들리기 시작했다. 이번에는 그 칸 안을 돌아다니는 소리였다.

나는 반사적으로 문을 필사적으로 잡았다. 정체를 모르는 것으로부터의 엄청난 공포.

무엇일까. 하지만 여기로 들어올지도 모른다. 그것만은 막고 싶었다. 그렇지만 잡고 있는 손이 심하게 떨려서 힘이 잘 들어가지 않았다. 공포와 무력감 때문에 나는 땀을 뻘뻘 흘리며 울음을 터뜨릴 것만 같았다.

순간 갑자기 발소리가 사라졌다. 정적만이 남은 어둠 속에서 나는 문을 잡은 채 가만히 있을 뿐이었다. 발소리가 사라지고 나서도 나는 한동안 움직일 수가 없었다. 온몸이 떨리고 있었고, 심장은 튀어나올 듯 미친 듯이 날뛰고 있었다.

어느 정도의 시간이 흘렀는지는 모르겠지만 발소리가 더 이상은 들리지 않았다. 조금 침착함을 되찾은 나는 문을 잡은 손을 떼어놓았다. 하지만 몸은 계속 떨리고 있었다. 나는 나가기 위해 겨우 일어섰다.

무릎에 힘이 들어가지 않아 비틀거리며, 떨리는 손으로 문고리를 잡았다. 하지만 문을 열 용기가 나지 않았다. 저쪽 편에 정체를 알 수 없는 무엇인가가 숨어 있는 것은 아닐까? 문을 열 수가 없어서, 나는 문고리를 잡은 채 벌벌 떨고 있었다.

아까 그 맨발은 어디로 간 것일까? 아직 화장실 안에서 나를 기다리고 있는 것일까? 내가 문을 열고 나오기만을 기다리는 것일까? 그렇지 않으면 여기서 나가 밖으로 간 걸까?

그때 갑자기 차에 두고 온 요코가 생각났다.

요코는 괜찮을까? 나는 다급하게 과감히 문을 열었다.

문 너머에는 아무것도 없었다. 나는 내심 안심했다. 그리고 서둘러 요코에게 돌아가기 위해 입구를 나섰을 때, 나는 가위에 눌린 것처럼 움직일 수 없었다.

입구 너머에 사람의 그림자가 있었다. 팔을 축 늘어트린 여자가 있는 것이다.

자세히 보니 요코였다. 나에게 등을 돌린 채 서 있다. 그것도 맨발로.

나는 그것을 보고 혼란에 빠졌다. 그녀의 이름을 부르려고 했지만 목소리가 나오지 않았다. 내가 움직이지도 못하고 가만히 있는 사이, 요코는 밖을 향해 그대로 걷기 시작했다. 그리고 순식간에 나의 시야에서 사라져버렸다.

무슨 일이 일어나고 있는 것인지 나는 이해하지 못하고 망연자실하게 서 있었다. 하지만 곧바로 정신이 들면서, 요코가 무엇인가에 홀린 것이라고 생각해 화장실에서 뛰쳐나왔다. 요코가 향한 곳은 화장실 뒤쪽의 숲이었다.

숲을 자세히 보자 요코의 뒷모습이 10미터 정도 앞에

보였다. 나는 요코를 쫓아 숲으로 들어갔다.

"요코! 요코! 돌아와!!"

요코의 이름을 부르면서 달리기 시작한 순간, 요코도 달리기 시작했다. 나는 필사적으로 요코의 뒤를 쫓았다. 숲 속은 비가 내린 탓인지 질퍽거리고 축축했다. 그리고 여기저기 나무뿌리가 튀어나와 있어 달리기도 힘들었다.

달빛마저 비치지 않는 숲 속에서, 몇 번이나 넘어지면서 필사적으로 달렸다.

'뭔가에 홀린 요코를 구해야 해.'

그러나 아무리 달려도 요코와의 거리가 전혀 줄어들지 않았다. 마치 우리 두 사람이 완전히 같은 속도로 달리고 있는 것 같은 느낌마저 들었다.

"요코, 정신 차려! 돌아와!!"

나는 달리면서 계속 요코의 이름을 불렀다. 그러나 요코는 대답도 하지 않고 계속 달릴 뿐이었다. 이대로라면 무엇인가가 요코를 데리고 사라져버린다. 그 생각이 공포 이상으로 강해서, 몸은 더 이상 떨리지도 않았다. 몇 번이고 넘어지면서 온몸은 상처투성이가 되었지만, 나는 요코를 반드시 되찾기 위해 요코만을 바라보며 달렸다.

'요코를 반드시 지킨다. 어디까지고 따라가서, 정체 모

를 그것으로부터 요코를 되찾는다.'

마음속에서 강한 의지가 넘쳐나는 것이 느껴졌다.

얼마나 달린 것일까. 요코가 나무의 좁은 틈새로 달려나가더니, 갑자기 사라졌다.

나는 순간 당황했다. 갑자기 벌어진 사건에 무심코 멈춰 서서 주위를 둘러보았다. 요코의 모습은 어디에도 없었다. 나는 다급하게 요코가 사라진 좁은 나무 틈 사이로 다가갔다. 사람이 겨우 통과할 정도의 크기였다. 그 사이로 지나가려는 순간, 갑자기 허리 근처에서 굉장한 충격이 느껴졌다. 다리가 지면에서 붕 떠서 날아간다.

땅에 부딪힌 둔한 아픔 너머, 나는 넘어진 내 몸 외에 다른 사람이 있다는 것을 알아차렸다. 요코였다!

"어째서…… 왜 이런 일을…….."

요코는 내 허리에 매달려 울면서 말했다. 나는 이해를 할 수 없어서 멍하니 올려다보았다. 내가 가려던 곳을 보니, 매달린 로프 고리가 흔들리고 있었다.

나에게 매달려 흐느껴 우는 요코의 머리를 살그머니 어루만졌다. 나를 올려다본 요코의 얼굴은 진흙투성이였다. 평소와 마찬가지인 내 모습을 보고 안심했는지 요코가 살짝 웃었다. 평소의 요코였다.

그럼 도대체 나는 무엇을 쫓고 있던 것인가. 차로 돌아오면서 나는 요코에게 자세한 설명을 들었다. 내가 화장실에서 돌아올 생각을 하지 않기에 걱정이 돼서 보러 갔더니, 내가 숲으로 들어가는 것이 보였다는 것이었다. 그래서 놀라서 뒤쫓았다는 것이었다. 뒤에서 계속 나를 불렀지만, 나는 계속 달리기만 했었다고 한다.

겨우 따라잡을 만큼 왔더니, 내 얼굴 앞에 교수형에 쓰는 로프가 보였다는 것이다. 그것을 본 순간 넋을 잃고, 그대로 몸을 던졌다는 것이었다. 나는 아무 말 없이 그것을 듣고 있었다. 요코는 코를 훌쩍이며 말했다.

"미안. 이젠 괜찮아."

나는 요코의 머리를 쓱쓱 어루만졌다.


요코를 보고 숲에 들어간 것을 나는 말하지 않았다. 말할 필요가 없다고 생각했다. 아마 처음부터 홀려 있던 것은 나였을 것이다.

주차장으로 돌아와서 나는 펜션에 곧 도착할 것이라고 연락을 했다. 자동차 문을 열고 운전석에 앉았다. 마음이 놓여서 그런지 피로가 한꺼번에 밀려들었다.

펜션에 도착하면 목욕부터 하고 죽은 듯이 자고 싶었

다. 그렇게 생각하며 요코가 조수석에 앉은 것을 확인하고 시동을 걸었다. 시야의 끄트머리에 요코의 입가가 보였는데, 그 입술이 한쪽으로 올라갔다. 엔진이 돌아가는 소리에 묻혀, 요코가 작게 중얼거렸다.

"조금만 더 갔으면 됐을 텐데……."

순간 한기가 들며 등골이 오싹해졌다. 핸들을 잡은 손이 떨리기 시작했다. 온몸에 식은땀이 흐르고 다시 심장이 빠르게 뛰는 것이 느껴지자, 시선이 요코 쪽을 향했다.

"괜찮아?"

요코가 아무렇지도 않게 내 얼굴을 보며 말했다. 거기에는 비뚤어진 미소는 없고, 환하게 웃는 얼굴의 요코가 있을 뿐이다. 이상한 일을 겪은 탓에 환청이라도 들은 것일까?

"아, 아무것도 아니야."

나는 그렇게 말하고 액셀을 밟았다.

도로를 달리면서, 나는 어떤 무서운 것 한 가지를 생각해냈다. 그리고 필사적으로 그것을 확인하고 싶어졌다.

나를 도우러 왔을 때, 요코는 신발을 신고 있었나? 도저히 그것이 생각나지 않았다.

요코를 보니 진흙과 눈물 자국을 열심히 닦고 있다. 요코는 시선이 마주치자 평소처럼 웃는 얼굴로 나를 바라보았다. 나는 똑같이 웃어주며, 살며시 요코의 발밑으로 시선을 돌렸다.

어둠 속에서, 빨간 하이힐이 빛나고 있었다.

# 중고 프린터

지금으로부터 6년 전 이야기이다. 그 당시 나는 대학생이었고, 리포트 출력용으로 사용하기 위한 프린터를 찾고 있었다.

주말에 친구와 함께 아키하바라를 헤매고 다니다 어느 중고 컴퓨터 가게에 가게 되었다. 거기서 나는 흑백 레이저 프린터를 하나 찾아냈는데, 가격은 9,800엔. 당시로는 프린터가 상당히 귀한 물건이었던 데다 비교적 새것 같았고, 보증 기간도 남아 있었기 때문에 행운이라고 생각하고 덥석 집어 들었다.

친구와 집으로 돌아와 바로 컴퓨터에 드라이버를 설치하고, 프린터 테스트를 하기 시작했다. 테스트 인쇄를 실행시키고 나는 잠시 화장실에 갔고, 친구는 TV를 보고 있었다.

그런데 테스트 인쇄는 분명 두어 장 정도의 양만 인쇄하는 것일 텐데, 인쇄가 멈추지 않는 것이었다. 결국 꽂아둔 용지를 모두 사용하고서야 인쇄는 멈췄다. PC 모니터에도 에러 메시지 창은 뜨지 않았다.

이상하게 생각한 친구가 인쇄된 종이를 집어 든 순간 얼굴이 새파랗게 질렸다.

"으악!"

어찌된 일인지 종이에는 어떻게 보더라도 여자의 얼굴이라고밖에 생각할 수 없는 사진이 선명하게 찍혀 있었다. 윤곽은 흐릿했지만, 머리나 눈, 입이 검게 찍혀 마치 이쪽을 노려보는 것 같은 얼굴이었다. 게다가 인쇄된 이미지가 기묘하게도 한 장 한 장이 모두 미묘하게 다른 모습이었던 것이다.

기분이 나빴지만 호기심이 발동한 나는 다시 테스트를 하기 위해 적당한 텍스트 파일을 인쇄해보았다. 하지만 이번에는 별문제 없이 인쇄가 잘됐다.

'뭔가 오류가 생겼구나. 괜한 걱정을 했네' 하고 안도하고 있던 찰나였다.

갑자기 프린터가 멋대로 한 장 더 인쇄를 시작했다. 거기에는 '왜 나를 버리는 거야?'라는 텍스트가 인쇄되어 있었다.

친구는 질색을 하며 바로 반품하러 가자고 했지만, 이미 시간이 늦어서 가게도 문을 닫았을 터라 우리는 다음 날에 가기로 했다. 그렇지만 몹시 불안한 상태의 우리로서는 프린터를 집에 그냥 둘 수는 없었기에, 짜증 내는 친구에게 저녁을 사준다고 달래서 대학 동아리 방에 함께 가져다 놓기로 했다.

다음 날, 학교에 가서 그 프린터를 가져가려고 동아리 방으로 갔더니, 후배가 곤란한 표정으로 "선배, 혹시 어제 여기서 주무셨어요?"라고 묻는 것이었다.

후배의 말에 따르면 부실 문 앞에 종이가 붙어 있어서 봤더니, '부실에서 숙박하지 말아주십시오'라는 학생회에서 붙여놓은 주의서였다는 것이다.

나는 그런 일이 없었기에 후배에게 다른 부원들에게 물어보라고 말하고서는, 프린터를 가방에 넣고 샀던 컴퓨터 가게로 갔다.

점원은 동작 확인을 해보더니 아무 이상이 없기 때문에 반품은 불가능하다고 단호하게 말했다. 하지만 이 프린터를 도로 가져갈 엄두가 안 난 나는 "그럼 값을 깎아서라도 다시 사주세요"라고 말해서 억울했지만 3,000엔에 팔아치우고 말았다.

허탈한 마음에 동아리 방으로 되돌아왔는데, 후배가 다시 다가와서는 이상하다는 듯 부원 중에는 아무도 동아리 방에서 잔 사람이 없다고 말하는 것이었다. 그리고 후배가 확인차 다시 학생회에 찾아가 그 사실을 이야기했더니, 학생회 사람이 이런 말을 했다고 한다.

"경비 아저씨가 어제 순찰을 도는데, 그 부실에서 여자의 신음이 들렸대요. 경고하려고 들어가려고 했지만 문도 잠겨 있고 불도 꺼져 있었답니다. 노크를 해도 도통 문을 열어주지 않아서 아저씨가 얼굴이 화끈거려서는 그냥 내려오셨대요."

경비 아저씨는 학생들이 동아리 방에서 섹스를 하는 것으로 생각하고 학생회에 경고한 것이다. 후배는 부원들 중에는 짚이는 사람이 없다며 아마 침입자가 있었던 것 같다고 학생회에 진위 여부를 요청했다.

결국 침입자가 들어왔다는 것으로 처리가 되고, 이후 동아리 방의 문을 교체하는 것으로 사건은 끝났다.

도대체 그날 동아리 방에서는 무슨 일이 있었던 것일

까. 아찔하지만, 그날 밤 그 프린터를 내 방에 두었다면 도대체 어떤 일이 일어났을까.

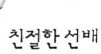

# 친절한 선배

친구에게 들은 이야기다.

동아리 친구에게 억지로 끌려나온 미팅은 예상대로 머릿수나 채워주기 위한 것이었다. 같이 나온 친구 2명은 미팅이라고는 하지만, 애초에 커플끼리 참석했다. 게다가 상대편 남자들도 그냥 머릿수나 채우려고 나온 건지, 전혀 K의 취향이 아니었다.

2차로 노래방이라도 가자는 친구들의 제안을 거절하고, K는 술집을 나와 역으로 향했다.

바로 그때, 뒤에서 누군가 말을 걸었다.

"너 2차는 안 가니?"

같이 미팅에 참가했던 S였다. 미팅에서 처음 만났지만,

같은 학교 선배라기에 말을 몇 마디 섞은 사람이었다. 그녀는 상당히 미인이라, 당연히 남자들의 주목을 한껏 끌었다. 그 S가 둘이서 한잔하자는 제안을 하니, K로서도 딱히 거절할 이유가 없었다.

그렇게 두 사람은 같이 역 앞의 술집으로 향했다.

"K씨, T현 출신이라고 그랬지?"

망해버린 미팅을 안주 삼아 떠들고 있던 와중에, S가 물었다.

"아까 자기 소개할 때 들었어. 여름방학 때는 집으로 돌아가는 거야?"

마침 모레부터 여름방학이었다.

"어떻게 할지 아직 잘 모르겠어요. 집까지 가는 데 워낙 돈이 많이 들어서"라고 K가 대답했다.

그러자 S는 "마침 T현에서 하이킹 코스 청소하는 자원봉사 프로그램이 있는데, 같이 참가하는 게 어때?"라고 물었다. S가 가입한 캠핑 동아리가 T현에서 바비큐 캠핑을 계획하고 있다는 것이었다.

그 하이킹 코스 사이에 있는 캠핑장과 계약을 맺고, 청소를 해주는 대신 캠핑장을 무료로 쓴다는 것이었다. 그뿐 아니라 바비큐 재료까지 대준다고 했다.

"어때? 자원봉사 개념이라 따로 돈은 안 나오지만, 내 차로 가면 교통비는 굳잖아. 뭐, 캠핑이 끝나면 우리 동아리도 따로 일정이 있으니까 돌아오는 건 K씨가 알아서 어떻게 해야 하지만 말이야."

사실 T현의 본가에는 2년 가까이 가지 않은 터였다. 왕복하는 데 워낙 돈이 많이 들기에 올해도 딱히 돌아갈 계획은 없었다. 하지만 가는 게 공짜인 데다, 캠핑도 꽤 재미있을 것 같았다. 솔직히 오랜만에 집에 돌아가 가족과 만나고 싶다는 생각도 컸다.

"그럼 저도 가볼래요."

K가 대답하자, S는 웃으며 말했다.

"그래. 분명 재미있을 거야. 그럼 모레 아침 7시에 학교 앞에서 만나자."

K는 휴대전화 번호를 교환하고 S와 헤어졌다.


다음 날, 오랫동안 집을 비우니만큼 청소와 세탁을 한 뒤, 캠핑 준비를 하고 있을 때였다.

휴대전화로 전화가 왔다. 집에서 온 부모님의 전화였다. 오랜만에 집에 간다는 소식에, 어머니는 무척 기뻐하셨다.

"일단 내일은 근처에 있는 캠핑장에서 아는 선배랑 캠핑하고 모레쯤 집으로 갈게요."

그러자 어머니는 의아하다는 목소리로 되물었다.

"어머, 여기 캠핑장 같은 게 있니?"

"하이킹 코스에서 자원봉사를 한다던데요. 그 근처 어디에 있대요."

"얘는, 무슨 소릴 하는 거니? 하도 집에 안 오니까 동네도 다 까먹었구나, 너? 거긴 시멘트 공장이 들어서서 나무라곤 한 그루도 없잖아."

그 말을 듣자 K의 머릿속에도 어린 시절 기차 창문 너머로 보았던 회색 민둥산들이 퍼뜩 떠올랐다.

도저히 S에게 전화해 따질 용기가 안 나서, K는 동아리 친구에게 전화해 S에 대해 물어보기로 했다.

"아, 그 미팅 때 나왔던 예쁜 언니?"

놀랍게도 K뿐 아니라 그 자리에 있던 모든 사람이 S와는 초면이었다. 주선자에게 알아보니, S가 원래 나오기로 했던 여자아이가 사정이 생겨서 못 나오게 되었다면서 대신 나가달라는 부탁을 받았다고 했다는 것이다. 갑자기 무슨 사정이냐고 물었더니, S는 친구의 친구라 자기는 전화번호도 모른다고 대답해서 그냥 그러려니 했다는 것이었다.

다음 날 불안한 마음에 K는 당연히 약속 장소에 나가지 않았다. S가 전화라도 하면 어쩌나 싶어 조마조마했지만, 전화는 오지 않았다. 나중에 호기심에 친구와 함께 S의 번호로 전화를 걸어봤지만, 신호음만 이어질 뿐 아무도 받지 않았다. 그나마도 이틀 후에는 없는 번호라는 안내음만 나올 뿐이었다.

그 후에 지도를 찾아봤지만 S가 말한 하이킹 코스나 캠핑장은 없었다. 그뿐 아니라 학교에 문의하니 S라는 학생은 없다는 대답이 돌아왔다.

아직도 S가 누구였는지, K에게 무슨 의도를 가지고 접근했는지는 알 수 없다. ……다만, 그날 사정이 있다며 미팅에 못 나왔던 여자아이는 아직도 행방불명 상태이다.

# 검은색 풀

　초등학교 수영 수업 시간의 일이다. 그날 수업에서 빠진 나는 친구와 함께 수영장 뒤편에서 잡초를 뽑고 있었다. 시시한 이야기를 하면서 빈둥빈둥 놀고 있는데, 갑자기 친구가 나를 불렀다.

　달려가 보니 친구가 가리키는 쪽에 잡초에 섞여 검은색 풀이 자라고 있었다. 아니, 세상에 검은색 풀도 있었나. 무서움보다는 호기심이 앞섰던 우리는 그것을 뽑아보기로 했다.

　가위바위보에서 진 내가 검은색 풀을 움켜쥐고 단숨에 잡아당겼다.

　의외로 그것은 간단히 빠져나왔다. 지면에 나와 있던

검은색 풀은 풀같이 보이던 머리카락이었고, 머리카락의 끝은 묶여 있었는데 그 밑에 목이 있었다. 양파 정도의 크기로 쭈글쭈글해져서 바싹 말라 있는 목이었다. 눈, 코, 입조차 확인할 수 없을 정도로 오그라들어 있었지만, 틀림없는 사람의 목이었다.

당연히 우리들은 기겁했다. 소리를 고래고래 지르며 선생님을 불렀다.

하지만 달려온 것은 선생님이 아니라 가까이에서 같이 잡초를 뽑고 있던 여자아이였다. 그 아이도 목을 보고는 놀라 비명을 지르더니 울면서 도망쳤다.

우리도 그 모습을 보고 덜컥 겁이 나서 울면서 도망치기 시작했다. 그리고 운동장에서 체육 수업을 하고 있던 다른 학년의 선생님에게 그 일을 말했다. 선생님은 우리의 이야기가 끝나기도 전에 수영장 쪽으로 달리기 시작했다.

하지만 우리 4명이 현장에 도착했을 때, 그 목은 홀연히 어디론가 사라지고 없었다. 불과 5분 정도밖에 안 되는 시간이었다.

남아 있는 것은 목을 뽑아낸 구멍과 잡아당겼을 때 빠진 머리카락뿐이었다.

선생님은 말썽쟁이였던 나와 친구가 꾸며낸 이야기가

아니냐며 화를 냈지만, 성적이 우수한 데다 반장이었던 여자아이가 증언을 해준 덕에 우리 이야기를 믿어주셨다.

점심시간 내내 선생님들이 모두 나와서 주변을 수색했지만, 목은 찾을 수 없었다. 결국 남겨진 머리카락만을 경찰에 가져가 신고했다고 한다.

이후 이 사건에 관해서는 전혀 진전된 것이 없었고, 결국 미제 사건으로 남게 되었다. 그러나 나를 포함해 3명이 그 목을 본 것만은 확실하다.

지금도 도저히 이해할 수 없는 일이다.

몇 년 후, 나는 6살 연상인 여자 친구와 사귀게 되었다. 그녀는 나와 같은 초등학교를 졸업한 내 선배이기도 했다.

어쩌다 어릴 적 이야기를 하던 도중, 내가 목을 발견했던 이야기를 하게 되었다. 그러자 여자 친구는 "어? 아직도 그 소문이 돌고 있나?"라고 말하는 것이었다.

무슨 소리인지 물어봤더니, 그녀가 초등학교에 다니고 있을 무렵 풀숲에 방금 자른 목이 묻혀 있다는 괴담이 나돌았다는 것이었다.

내가 어안이 벙벙해져서 "그 목, 내가 정말로 파냈는데?"라고 말하자, 여자 친구의 얼굴은 새파랗게 질렸다.

"설마……, 그 이야기가 진짜였다니……."

결국 그 목의 정체는 지금도 모른다.

아직도 내 모교에는 목이 묻혀 있다는 괴담이 떠돌고 있을까?

# 다진고기

　슈퍼에서 일하던 T씨는 매일 늦게까지 남아 잔업을 하곤 했다. 딱히 돈이 필요해서 그런 것은 아니었다. 그것보다 더욱 중요한 이유가 있었던 것이다.

　T씨는 5시부터 같이 아르바이트를 하는 Y씨를 좋아했다. 그녀는 어째서 이런 싼 시급의 아르바이트를 하고 있는지 의아할 정도로 미인이었다. 그렇다고 딱 보았을 때 아름답다고 느낄 정도는 아니었지만, 무척이나 귀여운 얼굴이었다. 거기다가 한 번 결혼을 했다 이혼한, '돌아온 싱글'이었다.

　T씨는 매일 아르바이트가 끝나면 Y씨 주변을 맴돌며 그녀의 일을 도와주었다. Y씨가 물품을 채우거나 물건 진열

을 할 때 도와주거나 무거운 물건을 들어주면서 T씨는 그녀와 이런저런 이야기를 나누었다. 그러다 보니 어느새 두 사람 사이의 거리는 꽤 좁혀졌다.

그러던 어느 날, 갑자기 Y씨가 누군가와 결혼을 한다며 일을 그만둬버렸다. T씨는 대단히 우울했다. 더 이상 늦게까지 일을 할 이유가 없어졌고, 일할 의욕도 없었다.

결국 T씨도 일을 그만두기로 결심했다.

마지막 아르바이트 근무를 끝으로 슈퍼에서 마지막 쇼핑을 하던 바로 그날. Y씨가 언제나 일하던 코너에 웬 남자 점원이 대신 일하고 있었다.

T씨는 저녁식사를 위한 다진 고기를 주문했다.

남자 직원은 눈에 어렴풋이 핏발이 서고, 광대뼈가 툭 튀어나온 사람이었다. 보통 직원의 얼굴 따위를 자세히 뜯어보지는 않지만, 그 기분 나쁜 얼굴에 압도당해 T씨는 무심코 눈을 들어 살폈던 것이다.

남자는 안쪽에서 주섬주섬 T씨가 주문한 다진 고기 팩을 가져와 내려놓았다.

T씨가 270엔이라는 가격을 확인하고 고기 팩을 막 집어 들고 나가려는 찰나였다.

누렇게 색이 변한 이를 내밀고 남자가 웃으며 말했다.

"Y는 당신을 좋아했던 것 같습니다. 그게 그 답례가 될 것 같네요."

다진 고기 팩 속에는, 작은 반지가 빛나고 있었다.

# 사랑의 결실

이 이야기는 실제로 작년부터 내가 겪고 있는 이야기이다. 지금까지 이어지고 있고, 지금 나는 너무나 무서워서 죽을 것만 같다. 이 일의 발단은 작년 10월 무렵이었다.

그때 나는 대학교 4학년의 자취생으로, 졸업 후 직장도 정해진 상황이었다. 게다가 마지막 학기 학점도 꽤 잘 나올 것 같고, 졸업 논문도 거의 완성 단계여서 잔뜩 들떠 있던 시기였다.

그날은 아르바이트를 하던 편의점에서 야근을 하다시피 해서, 새벽 2시 즈음에서야 자전거를 타고 집에 돌아가고 있었다. 그날따라 비가 심하게 내렸다. 우산은 손님이 편의점에 놓고 간 것을 빌렸지만, 구두가 흠뻑 젖어 발이 차가웠기 때문에 기분은 영 좋지 않았다. 집까지는 자전거를 타고 40분 정도 되는 먼 거리였다.

겨우겨우 집 근처까지 왔을 무렵, 버스 정류장이 눈에 들어왔다. 거기에는 한 여자아이가 앉아 있었다. 여자아이가 예쁘기도 했고, 비가 갑자기 거세져 잠시 비를 피했다가고 싶은 마음도 있어서 나는 버스 정류장으로 들어섰다.

하지만 바람 때문에 비가 들이닥쳐서인지, 여자아이는 흠뻑 젖어 있었다. 나보다 살짝 연하인 듯한 얼굴에, 조금 짧은 옷을 입고 있었다. 나는 걱정이 되어 몇 마디 말을 걸었다. 이 근처에는 오토바이 폭주족이 자주 출몰하기 때문에 혹시 변이라도 당하면 큰일이라는 생각이 들어서였다.

"무슨 일 있어요? 우산이 없어서 그래요?"

여자아이는 약간 떨면서 얼굴을 들었다.

"친구랑 싸우는 바람에⋯⋯. 차에서 혼자 내렸는데, 집도 멀고 택시도 안 와서 그냥 기다리고 있었어요."

하지만 이야기를 들어보니 벌써 한 시간은 족히 기다린 것 같았다. 택시는 한 대도 보이지 않고, 우산도 없어서 어찌할 바를 모르는 채 버스 정류장에 앉아서 기다리고 있었다는 것이다. 콜택시를 부르려고 해도 전화번호를 몰라서 어쩔 수가 없었다고 한다. 지금 생각해보면 114에라도 전화를 해서 불렀어야 하는 게 아닌가 하는 생각이 들지만, 그때는 나도 거기까지 생각이 미치진 못했었다.

"그럼 우리 집 엄청 가까우니까, 잠깐 쉬고 갈래요? 내가 택시 불러줄게요."

그래서 그 여자아이와 함께 우리 집에 오게 되었다.

수건을 빌려주고 차를 내온 다음, 내가 택시를 부르려고 했지만, 여자아이는 어쩐 일인지 오늘은 집에 돌아가고 싶지 않다고 말하는 것이었다. 나는 혼자 살고 있었기 때문에 스스럼없이 여자아이의 뜻에 따라 편한 대로 하라고 했다.

편히 샤워를 하게 해주고 옷을 꺼내다 주는 도중, 나는 이성을 잃고 그녀에게 덤벼들고 말았다. 그녀도 의외로 싫어하지 않아서, 우리는 그대로 관계를 가지게 되었고 나는 태어나서 처음으로 직접 체내에 사정해버렸다. 그후에 이것저것 이야기를 나누었는데, 나는 그녀가 웃는 얼굴이 사랑스럽고 이야기하면 즐거워지는 좋은 사람이라고 생각했다.

이튿날 아침이 되자, 나는 택시를 불러주었고 그녀는 집으로 돌아갔다. 연락처도 남기지 않았기에, 나는 그냥 꿈같은 하룻밤을 보냈다고 생각하면서 은근히 그녀에게 미안해졌다.

그리고 한 달 정도 지났을 무렵, 지난번과 같은 요일, 같은 시간에 아르바이트를 마치고 집으로 돌아오는 길이었다. 나는 그때의 버스 정류장에서 또 그 아이를 만났다. 묘하면서도 이상한 위화감이 느껴졌지만, 그것의 정체가 무엇인지는 알아차리지 못했다.

그날 여자아이는 그곳에 서 있었는데, 또 만나고 싶어서 기다리고 있었다고 했다. 왠지 위험하다는 생각이 들었다. 지난번의 일은 경망스러웠다고 후회하고 있었기 때문이다.

하지만 늦은 밤이었던 데다 어쨌거나 덮친 것은 나였기에 나는 그녀를 데리고 집으로 갔다. 그리고 지난번과 똑같은 전개로 이어졌다. 내가 봐도 한심하지만, 그만큼 그녀와의 섹스는 굉장했다.

그 후 그 아이는 일주일에 한 번씩 나를 버스 정류장에서 기다리기 시작했다.

그러던 어느 날, 난처하게도 나는 여자 친구와 함께 가다 그 아이를 만났다. 그날은 우연히 아르바이트를 쉬는 날이어서, 11시쯤에 버스 정류장을 지나가게 되었다.

그 아이는 그 자리에 그대로 앉아 있었다. 사실 언제나 아르바이트가 끝나고 새벽 2시쯤에나 만났기 때문에 그 아이가 언제부터 나를 기다리고 있는지는 전혀 신경 쓰지 않았는데, 그날에야 알아차렸던 것이다.

그리고 두 번째 만났을 때부터 느꼈던 이상야릇한 위화 감이 무엇인지도 알아차렸다. 그 아이는 언제나 나와 처음 만났을 때의 모습으로 나를 기다리고 있던 것이다. 나는 등골이 오싹하면서도, 아무렇지도 않은 듯 여자 친구와 그 아이의 앞을 지나갔다. 지나가는 그 순간, 그 아이가 얼굴 을 들며 싱긋 웃었다.

식은땀이 흘러내릴 정도로 기분 나쁜 웃음이었다. 나는 달려서 도망치고 싶었지만, 여자 친구 앞이라 어쩔 수 없 이 천천히 걸어서 그 자리를 벗어났다. 그날의 경험이 너 무나 거북했던 탓에, 나는 아르바이트 시간을 낮으로 돌려 더 이상은 그 아이를 만나지 않으려 했다.


그 후, 나는 취직하게 된 회사에서 연수를 떠나게 되어 한동안 방을 비우고 연수에 참가하게 되었다. 연수를 마친 뒤 잠시 친가에 돌아가 있는데, 자취하는 아파트 관리인에 게서 전화가 왔다. 옆집에서 소음 때문에 불편하다는 민원

이 들어왔다는 것이다. 하지만 빈집에서 소음이 날 리가 만무했다. 도대체 무슨 영문인지 모른 채 신경이 쓰이기도 하고 옆집 사람들의 몰지각한 민원에 기분이 나빠졌다. 그런데 며칠 뒤, 이번에는 악취가 심하다는 민원이 들어왔다는 것이다.

도저히 안 되겠다 싶어서 이상하다고 생각하며 나는 자취방으로 돌아갔다. 그리고 방을 연 순간, 코가 떨어질 것 같은 심한 악취에 나는 그만 토하고 말았다. 그 냄새는 옷장 안에서 풍겨 나왔기에, 나는 코를 틀어막고 간신히 옷장을 열었다.

그런데 거기에는 내가 모르는 생전처음 보는 기분 나쁜 액체로 가득했다. 토사물로 추측되는 것과 배설물, 머리카락이 여기저기 흩어져 있고, 한가운데에는 빈 깡통 같은 것이 있었다. 안에는 검붉은 피 같은 것이 채워져 있고, 그 안에는 쥐의 시체 같은 것도 있었다.

"히익" 하고 꼴사나운 소리를 내며, 나는 소스라치게 놀라 엉덩방아를 찧었다. 시선이 문득 천장에 닿자, 거기에는 붉은 피로 분명하게 '우리 사랑의 결실이에요'라는 글자가 적혀 있었다.

나는 너무나 놀라 경찰에 신고하고 수사를 요청했지만, 변태를 상대하듯 이상한 눈초리로 젊은 혈기의 연애 놀음으로 생각할 뿐, 경찰은 그다지 진지하게 수사하지도 않고 그냥 돌아가고 말았다.

너무 무서워진 나는 어쩔 수 없이 영능력자를 찾아갔다. 영능력자는 무서운 생령이 보인다는 말만 반복했다.

4일 전, 나는 서둘러 새로운 집으로 이사를 했다.

하지만 밤만 되면 창문을 손톱으로 드르륵드르륵 긁는 소리가 선명하게 들려온다.

나는 이제 어떻게 되는 걸까. 죽도록 후회되고 또 너무나도 무섭다.

# 불을 지를 거야

3년 전의 일이다. 나는 아내와 3살 난 아들을 데리고 온천에 1박 2일로 여행을 떠났다. 저녁을 먹기 전에 큰 목욕탕에서 목욕을 하고, 아들과 함께 여관의 기념품 코너에서 아내가 나오기를 기다리고 있었다.

그때 갑자기 "집에 불을 지를 거야"라는 소리가 들려왔다. 소리가 난 근처를 바라보니 한 남녀가 서 있었다. 아무래도 여자가 남자에게 한 말 같았다.

귀를 기울이자, 아니나 다를까 헤어지자느니, 헤어질 수 없다느니 하는 남녀 간의 치정에 관한 대화였다. 나는 호기심에 계속 귀를 기울여 엿듣고 있었는데, 남자가 "이봐! 다른 사람이 지금 우리 보고 있잖아!"라고 여자를 다독여 조용히 설득했다. 나는 부끄러워져서 아무 일 없던 것처럼 그 자리를 떠나려 했다.

하지만 일순간, 여자가 나를 날카로운 눈초리로 째려보고 있다는 것을 알아차렸다. 확실히 미인이었지만, 깊은 생각에 잠겨 있다고 할까, 어쩐지 무척 무섭게 느껴졌다. 하지만 어쨌거나 그 자리를 무사히 떴고, 이후 가족과 즐거이 여행을 마치고 집으로 돌아왔다.

여행에서 돌아온 바로 그 주의 일요일이었다. 갑자기 아내가 "웬 의심스러운 여자가 집 앞에서 어슬렁거리고 있어"라는 말을 꺼내는 것이었다. 어떤 여자가 남의 집 앞을 서성이나 궁금하여 밖으로 나갔지만, 내가 나가자 여자는 눈 깜짝할 사이에 모습을 감추고 말았다.

그리고 다음 일요일에도 역시 그 여자가 집 주변을 어슬렁거리고 있었다. 나는 몰래 뒷문으로 돌아 나가, 여자가 알아차리지 못하게 뒤로 다가가 "무슨 짓을 하는 거야!"라고 고함을 쳤다.

그러자 여자는 놀라서 내 쪽을 돌아보았다. 그런데 그 여자는 바로 온천여행을 갔을 때 나를 째려봤던 그 여자였다. 이번에는 내가 소스라치게 놀랐다.

내가 깜짝 놀라 굳어 있는 사이, 여자는 바람처럼 그 자리에서 도망치고 말았다. 나는 집으로 들어가 아내에게 숙소에서 겪었던 일과, 그때 봤던 그 여자가 우리 집 근처에서 어슬렁대고 있다는 것을 이야기했다. 아내는 깜짝 놀라며 무서워했다.

"왜 우리 집에 온 걸까? 아기도 있는데, 혹시 위험한 사람이면 어떻게 하지, 여보?"

일단 나는 별일 없을 거라며 아내를 진정시키고, 그 여자가 다시 찾아오는지 기다려보기로 했다.

역시나 다음 주 일요일에도 다시 현관 앞에 그 여자가 나타났다.

아무리 무섭다고는 해도 상대는 여자인 데다 나는 검도 유단자였다. 골프채를 손에 들고 골프 연습을 하던 것처럼 꾸민 채 나는 여자에게 말을 걸었다.

"우리 집에 무슨 일 있으십니까?"

말은 이랬지만 말투는 강하고 비난하는 것처럼 했다.

그러자 여자는 현관 너머로 나를 째려봤다. 그 눈은 너무나도 차갑고 무서워서, 나는 갑자기 오한이 나며 다리가 후덜덜 떨렸다. 그 여자와 눈을 잠시 마주하고 있었는데, 나는 결국 참을 수가 없어서 눈을 피하고 말았다.

그 여자는 또 바람처럼 어딘가로 도망치고 말았다. 집

으로 쓰러지듯 도망치자 창으로 내다보던 아내가 새파랗게 질린 얼굴로 나를 맞아주었다.

도움을 청할 곳이 없어 우리는 곧바로 여행 갔을 때 묵었던 여관에 전화해서 그 여자에 관한 것을 물었다. 프런트에서는 "죄송합니다만, 다른 고객의 정보를 함부로 알려드릴 수는 없습니다"라고 말할 뿐이었다. 우리 부부가 사정을 말하고 경찰에 신고하겠다고 하면서까지 강력하게 이야기하자 지배인을 바꿔주었다.

지배인에게 다시 사정을 이야기하자, 다행히 지배인이 확실히 그 두 사람에 관해 기억하고 있었다. 지배인은 "다른 고객의 정보를 알려드릴 수는 없지만, 저희 쪽에서 그 두 사람에게 연락을 한번 해보겠습니다"라고 말했다.

안심하고 전화를 끊은 뒤, 얼마 되지 않아 다시 여관에서 전화가 왔다. 지배인의 말에 따르면 그 두 사람이 숙박부에 적었던 주소와 전화번호는 가짜였다는 것이었다.

다음 날 회사의 부장님에게 상담을 하자, 부장님은 곧바로 경찰에 신고하자고 말했다. 경찰이 과연 도움이 될까 싶어서 내가 머뭇거리자, 부장님은 감사하게도 "내가 함께 가주겠네"라며 근무 시간임에도 함께 경찰서까지 가주셨다.

생활 방범과의 형사는 진지하게 내 이야기를 들어주었다. 거기에 더해 부장님도 내가 작은 일로 소란을 피울 만한 사람은 아니라고 거들어주셨다.

형사는 현관 앞에서 어슬렁거리는 것만으로는 죄가 아니지만, 혹시 무슨 일이 있을지도 모르니 이번 일요일에 산책을 겸해 우리 집까지 오겠다고 약속했다.

다음 날인 일요일, 밖으로 나오는 것도 무서워서 집 안에서 가족들과 함께 있는데, 전화가 왔다. 형사가 건 전화였다.

"혹시 지금 현관 앞에 서 있는 여자가 그 사람입니까?"

나는 무선 전화기를 손에 들고 2층에 올라가 몰래 창밖을 내다봤다. 역시나 그 여자가 서 있었다.

"네, 저 사람이에요."

그러자 형사는 "그대로 집에서 나오지 말고 기다리세요"라고 말한 뒤 전화를 끊었다.

30분 정도 기다렸을까? 현관 쪽이 소란스럽다 싶어 밖을 내다보자, 흰 승용차에 여자가 끌려들어 가고 있었다.

나는 나중에서야 그 형사에게 자세한 이야기를 들을 수 있었다. 여자는 우리 집에서 차로 2시간 이상 걸리는 먼 곳에 살고 있었다고 한다. 그런데도 매주 일요일마다 우리 집에 찾아왔던 것이다.

여자는 가정이 있는 남자와 불륜 관계였는데, 남자가 가정을 지키겠다며 헤어지자고 하자 그 남자를 죽이려는 마음을 먹은 모양이었다. 그런데 내가 그 이야기를 엿들었기 때문에 그 여자는 먼저 나를 죽이려고 했던 것이다.

하지만 어떻게 그 여자가 우리 집을 알아냈는지 의문이 풀리지 않았다.

진상은 놀라웠다. 그 여자는 치밀하게도 우리 가족이 여관에서 떠날 때부터 뒤를 밟았던 것이다. 그리고 집으로 돌아오는 전철 안에서 행복하게 웃는 우리 가족을 보고, 불륜을 저지르다 일방적으로 차여버린 자신의 비참한 모습과 너무나 대조됨을 느꼈던 것이다. 결국 그것이 우리 가족에 대한 강렬한 살의로 나타났다.

그 후 나는 여자의 변호사를 만나게 되었다. 변호사는 넌지시 말했다.

"그 사람은 정신적으로 문제가 있어서 만약 고소를 하신다고 해도 승산은 높지 않을 겁니다. 웬만하면 위자료를 받고 합의를 보시죠."

사건을 해결해준 형사도 직무상 문제가 생기면 안 된다며 직접적인 조언은 해주지 않았지만, 혼잣말로 "나라면

변호사가 말하는 대로 하겠습니다"라고 말했기에 나는 위자료를 받고 합의를 해주게 되었다.

여자는 지금 정신병원에서 요양 중이라고 한다.

형사는 "만약 다시 그 여자를 집 근처에서 보면, 바로 경찰에 신고해주세요"라고 당부했다.

누가 뭐라 해도, 우리 가족에게 있어 이보다 더 무서운 일은 없었다.

# 숨바꼭질

어린 두 자매가 집을 보고 있었다. 부모님은 밤늦게 돌아올 예정이었다.

늦은 밤, 할 일도 없고 심심해하던 언니는 동생에게 집에서 숨바꼭질을 하자고 했다.

가위, 바위, 보에서 진 언니가 술래가 되고, 숫자를 세기 시작했다.

동생은 얼른 쏜살같이 2층에서 1층으로 내려가, 서랍 안에 숨었다. 조금 뒤, 2층에서 "다 셌다! 이제부터 찾을 거야!"라는 언니의 목소리가 들려왔다.

1층으로 내려오는 발소리가 들렸다. 눈을 감고 숫자를 셀 동안 동생이 아래로 내려가는 소리를 들은 것이다.

1층 여기저기에서 문을 여닫는 소리가 들려왔다.

여동생은 들키지 않을 자신이 있었다. 서랍 안쪽에 숨어 몸을 웅크리고 있으면, 설령 서랍 문이 열리더라도 안을 자세히 살펴보지 않으면 찾을 수가 없었기 때문이다.

한참이 지나도 언니는 찾지 못하고 주변에서 헤매고 있었다.

어느덧 시간은 흘러, 여동생은 따뜻한 서랍 안에서 꾸벅꾸벅 졸기 시작했다. 그때, 밖에서 "앗, 찾았다!"라는 언니의 환한 목소리가 들려왔다.

좀처럼 찾지 못하자, 분명 '찾았다'는 소리에 실망해서 나오게 하려는 언니의 작전인 것이다. 동생은 그대로 가만히 서랍 안에 숨을 죽이고 언니가 서랍 문을 열기를 기다렸다.

또 언니의 목소리가 들렸다.

"찾았으니까, 어서 나와."

"빨리 나오라니까!"

하지만 그럴 리 없었다.

"빨리 나와! 진짜 화낼 거야!"

처음에 언니는 밝은 목소리였지만, 점점 화를 내고 있었다. 아직 서랍 문조차 열리지 않았지만, 그사이 벽을 두드리는 소리도 들려왔다.

동생은 언니가 자신을 못 찾아서 화가 났다는 생각이 들어, 이제 서랍에서 나가기로 했다.

그런데 언니가 옷장 안에서 뭔가를 필사적으로 잡아당기고 있었다. 그것은 작고 흰 손이었다.

겁에 질린 여동생은 깜짝 놀라 소리를 쳤고, 언니가 뒤를 돌아보았다.

그제야 동생을 발견한 언니는 소스라치게 놀라 잡았던 손을 놓쳐버렸고, 그 작은 손은 순식간에 옷장 속으로 들어가 버렸다.

그 후 자매는 두 번 다시 숨바꼭질을 하지 않았고, 집에서도 그 작은 손을 보지 못했다고 한다.

# 천장 위

G현 H시에 있는 마을에 어떤 가족이 살고 있었다. 병든 99세의 할아버지, 그리고 손자인 5살의 A, 부모님이 함께 사는 집이었다. 부모님은 맞벌이 부부로, 낮에는 모두 일을 하러 집을 나갔었다. A는 호기심이 왕성한 아이라 늘 집 안을 돌아다니며 구석구석 일을 벌여놓기 일쑤였다.

어느 날 A가 문의 맹장지를 열어 젖혔는데 천장에 있는 나무판자가 떨어져 있었다. 마침 집 안에 싫증이 나 있던 터라, A는 이불을 잔뜩 쌓아 기어올라 그 안으로 들어갔다. 천장 안은 생각했던 것보다 훨씬 어둡고 무서운 곳이었다. 그러나 호기심이 생겨서 계속 앞으로 나아갔다.

잠시 천장 안을 돌아다니다 보니 웬 상자가 있는 것을

알아차렸다.

'이런 곳에 숨겨둘 정도면 분명 굉장한 게 들어 있을 거야'라고 생각한 A는 상자를 갖고 입구 쪽으로 돌아가기 시작했다.

그런데 이상하게 상자가 무거웠다. 어린이 머리 정도 크기의 상자인데도 10킬로그램은 되는 것 같았다.

하는 수 없이 질질 끌고 가기로 했다. 조금씩 입구에 가까워짐에 따라 상자의 모습이 서서히 드러났다. 시커먼 상자였지만 군데군데 흰 곳도 있었다. 뚜껑은 검은 종이로 막혀 있었다.

점점 입구에 가까워졌다. 점점 밝아지니, 시꺼멓다고 생각했던 상자가 흰 상자에 검은 글씨가 빽빽이 쓰여 있는 상자라는 걸 알아차렸다. 뚜껑 종이도 마찬가지였다.

입구는 앞으로 1미터 정도 코앞으로 다가왔다.

한 번 더 상자를 들여다보았다. 상자의 주위에 빽빽하게 쓰여 있는 글자. 자세히 보니 그것은 경문이었다. 그리고 뚜껑에 붙어 있는 종이는 부적이었다. 그것을 알아차린 순간, 갑자기 A의 몸에 무서움과 두려움이 전기처럼 찌릿하게 퍼져왔다.

그때 어두운 뒤쪽으로부터 저벅저벅 하는 발소리가 들

려왔다. A는 왠지 모를 공포심에 그것을 절대로 보아서는 안 된다는 생각이 들었다. 도망치려고 했지만, 발이 움직이지 않았다.

마구 이쪽으로 빠르게 접근해오고 있다. 이제 조금 있으면 빛에 그것이 비칠 것이다. 이제 그것의 모습이 보인다……. ……이제 더 이상은 안 된다…….

하지만 그 순간 A는 천장의 출구로 떨어져 바닥의 이부자리에 누워 있었다. A가 얼굴을 드니 거기에는 병들어 누워 있을 할아버지가 있었다. 이유도 모른 채 아연실색하고 있자니 할아버지가 갑작스레 "사라져라!"라고 외쳤다.

A가 혼란스러워하고 있는데, 할아버지가 다시 "이제 충분하지 않느냐!"라고 외쳤다.

A는 할아버지의 얼굴을 우러러봤다. 하지만 할아버지는 A를 보고 있지 않았다. 할아버지는 입구 쪽을 응시하고 있었다. 정확하게는 입구에 있을 그 '무엇'을.

잠시 동안 그 대치 상태가 계속되었다. A에게는 엄청난 시간이 흐른 것 같이 생각되었다. 5분쯤 지나 할아버지는 A에게 천천히 "절대 뒤를 돌아보지 말고 할아버지 방에 가 있거라. 알았지? 절대 뒤를 보면 안 돼"라고 말했다. A는 이유도 모르고 겁에 질린 채 뒤를 보지 않고 그대로 할아버지 방까지 도망쳤다.

겁에 질려 A가 안절부절못하고 있는데, 5분 정도 지나자 할아버지가 비틀거리며 방으로 들어왔다. 당장이라도 쓰러지실 것 같았다. A는 할아버지를 부축해 이부자리에 뉘여 드렸다.

할아버지는 드러누워서 한숨을 내쉬며 천천히 말을 꺼냈다.

"A야……. 지금까지는 이 할애비의……"까지 할아버지가 말했을 때, 다시 반대쪽 방의 문을 여는 소리가 들려왔다. 그리고 저벅저벅 하는 발소리가 다시 들려왔다. 할아버지는 갑작스럽게 A의 손을 움켜쥐고 이불 속으로 끌어당겼다. 99세라고는 도저히 믿기지 않을 정도의 강한 힘이었다.

그때 할아버지 방의 방문이 열렸다. 할아버지의 몸도 부들부들 떨리고 있었다. 할아버지는 무엇인가 중얼거렸다. 잘 들리지 않았지만 "미안하다" "용서해줘" "이 아이만은 그만둬라!"라고 말하는 것만은 분명히 들려왔다.

A는 정신이 흐려져서 점점 눈앞이 어두워졌다. 그리고 순간, 이불이 살짝 들려 '그것'의 발이 보였다. 다 썩어버린 듯한 보라색으로 군데군데 살점이 흘러내리고 있었다.

그대로 A는 기절해버렸다.

정신을 차리고 보니 A는 할아버지의 이부자리에서 혼자 자고 있었다. 시간은 그때로부터 5시간이나 흘러 있었다. 할아버지는……? A가 집 안을 구석구석 찾아봤지만 모습이 보이지 않았다.

부모님이 돌아와서 경찰에 실종 신고를 했지만, 할아버지는 결코 발견되지 않았다. 일주일 뒤, 아무래도 그 일이 마음에 걸렸던 A가 무서워하며 그 방의 문을 열어보았다.

하지만 천장에 뚫려 있던 그 입구는 막혀 있었다. A가 안심하고 방을 나서려 한 순간, 그때 A는 보지 말아야 할 것을 보고 말았다.

엄중하게 닫힌 그 천장의 문틈에 끼어 있는, 언제나 할아버지가 몸에 지니고 있던 부적을.

# 자수한 이유

내 친척 중에 교도관으로 일했던 사람이 있다. 다만 평범하게 간수로서 일한 것이 아니라, 교도소 내부에서 재소자들의 심리 상담이나 사회 복귀를 위한 상담 같은 것을 담당하고 있었다. 그렇기 때문에 친척은 시간이 날 때마다 재소자들과 자주 이야기를 나눴다고 한다. 주로 그들이 지은 죄와 그에 대한 반성, 그리고 자수한 사람의 경우에는 자수하게 된 경위 등에 관한 이야기였다.

그중 A라는 사람에게 들은 이야기가 너무나도 섬뜩해서 아직까지도 잊히지 않는다며 내게 들려주었다.

A는 원래 평범한 샐러리맨이었다. 하지만 현재 살인죄

로 복역 중이다. 그가 죽인 사람은 그의 아내였다.

일단 죽이기는 했지만, 살해 후 사체의 처리를 고민하던 A는 집 냉장고에 아내의 사체를 토막 내 보관했다. 회사에서 돌아오면 냉장고에서 토막 난 사체를 조금씩 꺼내, 살을 잘게 다지고 뼈는 믹서로 갈아 가루를 낸 뒤, 화장실에다 조금씩 흘려보냈다. 그것을 며칠 동안 반복하자 사체의 대부분을 없앨 수 있었다. 결국에는 머리만 남았다.

하지만 아무리 그래도 얼굴을 갈아버릴 각오가 안 서서, 며칠 동안 머리만 냉장고 안에 그대로 넣어두었다는 것이다.

그러던 어느 날, A는 꿈을 꾸었다. 죽은 부인이 테이블 위에 고개를 숙이고 앉아 있었는데, 고개를 깊숙하게 숙이고 있어서 표정은 전혀 보이지 않았다.

하지만 테이블을 잡고 있는 손이 부들부들 좌우로 떨리고 있다. 점차 그 흔들림은 격해져서, 손톱이, 그리고 손가락이 테이블 주위에 흩어져 날아가기 시작한다. 순식간에 팔꿈치까지 날아가 사라진 팔에서는 새빨간 피가 흩뿌려지고, 뼈가 덜그럭대며 테이블을 두드린다.

거기서 잠에 깨어난 A는, 한동안 땀에 흠뻑 젖은 채 충격에 사로잡혀 움직이지도 못했다고 한다.

겨우 안정을 되찾고 거실로 향했는데, 야릇하게도 냉장고가 조금 열려 있고 그사이로 목만 남은 아내가 자신을 바라보고 있었다.

깜짝 놀란 A는 냉장고를 황급히 닫고, 문을 청테이프로 막아놓았다. 이때까지는 겁에 질려 있을지언정 아직 자수까지는 생각하지 않았다고 한다.

그날, 냉장고에 넣어둔 머리를 처리하기가 껄끄러웠던 A는 결국 새 냉장고를 사기로 했다. 1인용 소형 냉장고라 따로 배달을 부탁하지 않고 직접 가지고 돌아왔기에, 다른 사람의 눈에 청테이프로 감은 냉장고가 들킬 일은 없었다.

그리고 A는 그날도 꿈을 꿨다. 어제와 똑같이 테이블 위에 아내가 앉아 있다. 다른 점이 있다면, 어제 끝났던 시점에서 꿈이 이어지고 있다는 것뿐. 테이블 위에 있는 아내의 팔에서는 새빨간 피가 방울져 떨어진다.

이번에는 다리로 바닥을 차고 있다. 그 움직임이 점점 격렬해짐에 따라 바닥을 차는 소리도 쿵, 쿵, 쿵쿵쿵쿵 쿵쿵쿵쿵— 하고 점점 커져간다. 점차 바닥에 피가 고이기 시작하고, 다리의 살점이 날아간다.

테이블 위에는 팔이 마구 흔들리며 피를 사방에 흩날리고 있다. A의 뺨에도 살점과 피가 날아오지만, 손가락 하

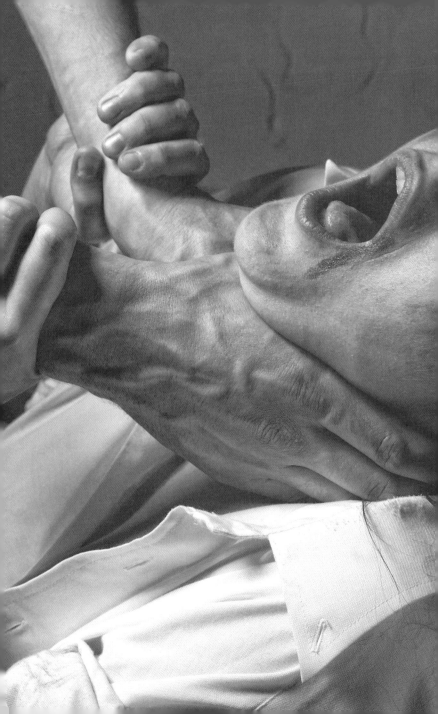

나 움직이지 못하고 그 광경을 바라만 보고 있을 뿐이다. 머릿속에서는 빨리 깨어나야 한다는 생각뿐이지만, 꿈은 좀체 끝나지 않는다.

방 안 가득 흩날린 피가 기분 나쁘게 빛난다. 갑자기 아내는 움직임을 멈춘다. 그리고 서서히, 숙이고 있던 고개를 들어 올린다.

축 늘어져 있던 앞머리가 뺨에 달라붙는다. 머리카락 틈새로 치켜뜬 눈이 A를 향한다. 그리고 얼굴을 완전히 들었다.

"아아아아아아아아! 내! 몸을! 돌려줘어어어어어!"

절규가 울려 퍼졌다. 그 소리를 듣고서야 A는 간신히 눈을 뜰 수 있었다.

이번에도 온몸은 땀투성이였다. A는 이번에야말로 머리를 처리하겠다는 각오를 다졌다. 침대에서 뛰쳐나온 A는 냉장고로 향했다.

그러나 그 각오는 순식간에 사라졌다. 그토록 단단하게 붙여놨던 청테이프가 모두 끊어져 있고, 부인의 머리는 냉장고에서 굴러떨어져 바닥을 나뒹굴고 있었다.

그 시선은 A를 향해 고정되어 있었다는 것이다. 그 시선에서 결코 도망칠 수 없다고 생각한 A는 그길로 자수를 택했다고 한다.

"살해당한 사람의 원한은 언제까지고 남아 있는 모양입
디다."

이야기 말미에 친척이 덧붙인 한 마디가 아직도 기억에
생생히 남아 있다.

# 창밖의 여자아이

어릴 적 내가 겪은 무서운 체험이다. 다만 지금은 기억도 흐릿해져 정말 있었던 일인지조차 의심스럽지만……. 그 일은 분명 저녁에 일어났던 것으로 기억한다.

나는 혼자서 집을 보고 있었다. 한동안 TV를 보고 있었지만, 점점 지루해져서 창문을 열고 바깥을 내다보기 시작했다. 그런데 갑자기 옆집 창문이 열리더니, 여자아이가 상반신을 내밀고 나를 바라보았다.

여자아이는 나보다 2, 3살 연상으로 보였다. 낯선 얼굴의 그 여자아이와 이런저런 이야기를 했던 것 같지만, 내용은 전혀 기억나지 않는다. 그 와중에 여자아이는 "밖에서 놀자"고 나에게 권유하기 시작했다.

하지만 부모님이 혹시 사고가 날까 싶어 문을 잠그고 나가셨기 때문에 나갈 수가 없는 신세였다. 그래서 나는 "문이 잠겨 있어"라고 대답했다. 그러자 여자아이는 "창문으로 나가면 되잖아"라고 말한 뒤, 웃으면서 펄쩍 난간을 뛰어넘어 아래 풀숲에 착지했다.

"너도 빨리 와"라며 손을 흔드는 여자아이를 보고, 나는 "뭐야, 간단하구나"라는 생각이 들어 뛰어내리려고 했다.

그 순간 뒤에서 비명이 들렸고, 나는 도로 방 안으로 던져졌다. 돌아보니 어머니가 있었다.

당시 우리 집은 8층이었다. 만약 그대로 뛰어내렸다면 가벼운 상처만으로 끝나지는 않았을 것이다. 당시에는 무슨 일인가 싶었지만, 나이를 먹을수록 그때 어머니가 집에 조금만 늦게 왔다면 나는 이세상 사람이 아니었을 거란 생각에 간담이 서늘해진다.

어머니는 내 이야기를 듣고 옆집을 찾아갔지만, 옆집에는 노부부만 있을 뿐 여자아이는 없다고 했다.

혹시 나의 공상일지도 모르겠지만, 나는 어린아이가 창에서 떨어져 숨졌다는 뉴스를 들을 때면 그 여자아이가 생각난다.

바보 같을지도 모르겠지만, 주변에 어린아이가 있다면

만약을 위해 가르쳐줘라.

"만약 창밖에서 누군가가 뛰어내리라고 해도 절대 뛰어내리면 안 돼!"라고.

# 이리로 온다

나쁜 짓을 하고 있다고는 생각하지 않는다. 단지 창밖을 망원경으로 보고 있을 뿐이다. 근처의 집을 엿보거나 하는 게 아니니까 괜찮잖아.

언제부터였을까? 이따금씩 밤에 혼자 있을 때면 아파트 베란다에서 망원경을 통해 강 건너편의 번화가를 바라보곤 한다. 관음증 같은 것은 전혀 없었지만, 어느덧 이것은 습관이 되었고, 지금은 나의 가장 큰 즐거움이 되었다.

퇴근길의 회사원들. 술에 취해 소란을 피우는 대학생들. 열대어처럼 울긋불긋하게 차려입은 여자들. 여기저기서 호객을 해대는 호객꾼에, 어째서인지 깊은 밤 혼자 어슬렁거리는 학생까지.

정말 별것 없는 어지러운 광경일 뿐이지만, 그것을 보고 있으면 이상하게 재미있다. 어쩌면 수족관 속의 물고기를 보는 것과 비슷한 기분일지도 모른다.

방의 불을 켜놓으면 내가 망원경을 들여다보는 것이 보일지도 모르기 때문에, '관찰'을 할 때는 늘 방의 불을 꺼놓는다.

어둠 속에서 베란다에 나가 혼자 술을 마시며 망원경을 들여다본다. 다른 사람들이 보면 기분 나빠하겠지만, 지금 나에게 이 취미를 그만둘 생각은 전혀 없다.

그날 역시 나는 맥주를 마시면서 한가로이 베란다에서 밤바람을 쐬고 있었다. 어느덧 시간이 꽤 늦어졌지만, 종종 사람들은 지나가고 있었다. 오히려 재미있는 것을 볼 수 있는 시간대는 대체로 사람들의 왕래가 줄어드는 심야 시간이다.

술에 취해 싸워대는 것은 몇 번씩이나 봤었다. 한번은 어떤 남녀가 빌딩 틈 사이에서 섹스하는 것을 보기도 했다. 멀리서 봐서 확실치는 않지만, 칼 같은 것을 손에 든 늙수그레한 노숙자가 같은 곳을 몇 번이고 왕복하는 것을 보기도 했다.

하지만 그날 내가 보고 있던 것은 만취해서 벽에 기댄

채 정신을 잃은 정장 차림의 남자였다. 내가 처음 베란다에 나왔을 때부터 계속 거기 앉아 있었다. 솔직히 보고 있어서 재미있는 사람은 아니었다. 그저 정신을 잃고 앉아 있을 뿐이니까.

초가을이니 방치해둔다고 해도 얼어 죽지는 않을 테니, 나는 맥주 한 캔만 더 마시고 들어가 잘 생각이었다. 그런데 냉장고에서 맥주를 들고 오자, 주저앉은 남자 주변에 몇 명의 사람이 서 있었다.

언뜻 보고서도 무언가 위화감이 느껴졌다. 망원경을 들여다보자 나는 위화감의 정체를 알 수 있었다. 남자를 둘러싸고 있는 것은 유치원에 다닐 법한 수준의 어린아이였던 것이다.

모두 3명. 멀어서 자세히 보이지는 않았지만, 아마 사내아이가 두 명이고 여자 아이가 한 명인 것 같았다.

아무리 심야라고 해도 종종 이 시간대에 아이들을 본 적은 있다. 하지만 보호자도 없이 아이들만 3명 있는 것은 누가 봐도 비정상적이다. 아이들이 술에 취한 아버지를 마중 나왔나 생각도 해봤지만, 지금 시간은 새벽 3시 반이다. 절대로 있을 수 없는 일은 아니지만, 아무래도 가능성이 희박하다.

묘하게 신경 쓰이는 광경에, 나는 계속 망원경을 들여다보았다. 아이들은 남자를 둘러싸고 서로 이야기를 하고 있는 것 같았다. 갑자기 사내아이 한 명과 여자아이가 남자에게 다가간다.

　간호를 하려는 것이 아니라, 마치 짐을 옮기는 것같이 대충 남자의 양팔을 잡고 엄청난 속도로 질질 끌며 달리기 시작했다. 어안이 벙벙해진 내 시야에서 그들은 눈 깜짝할 사이에 건물 틈으로 사라졌다. 두 명이라고 해도 그 나이대의 아이들이 어른을 그렇게 빠르게 끌고 갈 수 있을 리 없다. 아니, 성인이라고 해도 힘들 것이다.

　마치 꿈이라도 꾸는 기분이었지만, 망원경 너머로 꿈이 아니라는 듯 한 명 남은 사내아이가 보인다. 아이는 방금 전까지 남자가 앉아 있던 벽 앞에서 가로등 불빛을 받으며 가만히 서 있다.

　반쯤 무의식적으로 나는 손을 들어 맥주 캔을 입가에 가져가 단숨에 다 마셨다. 입 안에서 튀는 탄산의 감촉과 알코올의 맛. 코끝에 느껴지는 독특한 향기. 목을 미끄러져 넘어가는 차가운 액체의 느낌. 모두 꿈이라고 생각할 수 없을 정도로 현실적이었다. 나는 마음을 가다듬고 땀에 젖은 손으로 망원경을 다시 잡았다.

그리고 남아 있는 아이의 얼굴이라도 확인하기 위해 눈을 댔다. 가로등 아래에는 어느새 또 세 명의 아이가 모여 있다. 그리고 세 명 모두 이쪽을 보고 있다. 얼굴은 그림자가 져서 보이지 않지만, 분명히 세 명 모두 얼굴을 내 쪽으로 향하고 있다.

나는 겁에 질려 반사적으로 망원경에서 눈을 떼고 일어섰다. 육안으로 보는 강 건너편 가로등 아래에는 아무것도 없었다. 어떻게 된 것인지 혼란에 빠져 다시 망원경에 눈을 댄다.

시야 한구석에서 무엇인가가 움직였다. 그쪽으로 망원경을 옮기자, 세 명의 아이가 어느새 강을 건너와 있었다.

세 명 모두 내 아파트 쪽으로 다가오고 있다. 걷는 모습이 어쩐지 기묘하다. 마치 사람의 가죽을 뒤집어쓰고 사람인 척 움직이고 있는 것같이 부자연스럽다. 그리고 오싹할 만큼 빠르다.

피가 차가워지는 것 같은 초조함에 나는 망원경을 내버려두고 방 안으로 들어왔다. 반사적으로 지갑만 들고 방에서 도망치려고 했을 때, 귀에 익은 소리가 들려왔다.

"철컹."

아파트 정문이 닫히는 소리다.

문 앞에서 돌처럼 굳어버린 내 귀에, 계단을 올라오는 여러 사람의 발소리와 마치 수많은 낙엽을 밟는 것 같은 기분 나쁜 소리가 울려 퍼졌다.

그 소리는 조금씩 커져서, 마침내 내 방 앞에서 멈췄다.

……초인종이 울린다.

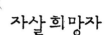

# 자살 희망자

죽고 싶다……. 다마오키 요시오의 머릿속은 그 말로 가득 차 있었다. 매일이 고통스러운 가운데 죽음은 그런 고통을 지워줄 만한 훌륭한 수단같이 느껴졌다. 집에 남겨질 가족이 마음에 걸렸지만 그래도 요시오는 수해(樹海)를 향해 발을 디뎠다.

가지고 온 것은 아무것도 없었다. 집에서 입고 온 옷 그대로 수해에 들어갔다. 이대로 가다가 길가에 쓰러져 죽으면 딱 좋을 것 같았다. 수해에는 들개가 많다고 들었다. 개한테 물려 죽는 것도 나쁘지 않았다.

신분이 밝혀지지 않도록, 자신이라는 것을 알아낼 수 있을 만한 물건은 전부 집에 두고 왔다. 혹시 시체가 발견되었을 때 자신이라는 것이 알려져 가족들이 슬퍼하지 않길 바라서였다.

수해는 문자 그대로 나무들이 울창하게 우거져 있었다. 그저 계속해서 걸었다. 주변을 돌아보면 나무줄기의 다갈색이 시선을 덮는다. 하늘을 우러러보니 초록색 잎들이 가득 덮여 하늘을 가리고 있었다.

가만히 계속해서 걸었다.

힘이 빠져 주저앉으면, 그곳에서 죽는 것으로 하자.

곧 해가 지고, 수해는 완전한 어둠으로 뒤덮였다. 손전등 같은 것은 물론 가지고 있지 않았다. 이미 자신이 눈을

뜨고 있는지조차 확신할 수 없는 어둠이 요시오를 감싸고 있었다. 양손을 헤엄치듯 내저으니 곧 나무들에 부딪힌다. 그런 칠흑같이 완전한 어둠의 세계를 다만 걷고 또 걸을 뿐이다.

죽기 위해서 수해에 들어왔는데도 배고픔이 습격한다. 물론 살아서 돌아갈 생각은 없었기 때문에 식량 같은 것은 전혀 가지고 있지 않다.

무엇이라도 좋다……. 나뭇잎이라도 먹을까……. 그렇게 생각하면서, 다만 걸었다.

갑자기 나무뿌리 같은 것에 걸려 그대로 넘어져 버렸

다. 높이 자란 잡초를 헤치자 동물이 도망치는 소리가 난다. 드디어, 죽을 곳을 찾은 것이다. 굶어 죽든, 아까 그 동물에게 잡아먹히든 빨리 생을 끝내고 싶었다.

하지만 그와 동시에 강렬한 공복감이 일어 무엇이라도 입에 집어넣고 싶었다. 순간 코끝에 좋은 향기가 느껴졌다. 아까 그 동물은 좋은 향기가 나는 저것을 먹고 있었던 것인가……

코를 베어가도 모를 것 같은 어둠 속에서 손을 더듬어 주위를 살폈다. 그러자 손이 푹 하고 따뜻한 그릇 안으로 들어갔다. 희미하게 물렁물렁한 것이 손에 잡혔는데, 밥과 반찬 같은 것이었다. 아마도 캠프를 하러 왔던 누군가가 먹다 버리고 간 것 같았다. 아직 잡탕 죽에는 따뜻한 온기가 남아 있었다.

요시오는 죽을 양손으로 떠내 얼굴 가까이에 대고 냄새를 맡아보았다. 썩기 시작하고 있는지 조금 시큼한 냄새가 풍겨오긴 했지만 사람이 만든 음식이 분명했다. 요시오는 허겁지겁 잡탕 죽을 먹었다.

쌀의 맛이 감격스러울 정도로 맛있었다. 닭고기의 씹히는 맛. 야채의 단맛……. 그것이 그리운 가족의 요리와 같은 맛이어서인지, 지금 자신의 처지가 너무나도 한심해서인지 계속 눈물이 흘러내렸다.

"맛있다……. 맛있어……."

혼자 독백하면서 요시오는 잡탕 죽을 게걸스럽게 먹어 댔다.

배가 반 정도 찼을까. 갑자기 몰려온 졸음을 이기지 못하고 요시오는 그대로 그 자리에 풀썩 쓰러졌다. 아, 배도 부르고, 이제 이대로 죽을 수 있다면 좋겠다. 마지막으로 소원을 빌고 나서 요시오는 깊은 잠 속으로 빠져 들었다.


다음 날 아침, 요시오는 머리가 깨질 듯한 두통과 함께 잠에서 깨어났다. 머리를 흔들며 몽롱한 정신에 옆을 보니 수면제 병을 손에 쥔 남자가 쓰러져 있었다.

"으아아악!"

요시오의 외마디 비명이 숲을 울렸다.

자세히 보니 남자의 사체는 들개에게 물어뜯긴 채 배가 찢겨져 내장과 말라 굳어진 피가 밖으로 튀어나와 있었다.

덜렁거리는 피부 속으로 찢겨진 위 주머니가 보였고, 끔찍하게도 그 안에는 그 사람이 최후에 먹었던 것으로 보이는, 어제의 그 잡탕 죽이 반쯤 흘러나온 채 굳어 있었다.

# 결벽증

몇 년 전 같이 아르바이트를 하던 직장 동료의 이야기
다. 그 녀석은 비정상적으로 느껴질 정도로 결벽증이 심했
다. 만약 카운터라도 보게 되면 잔돈이나 손님의 손이 닿
기만 해도 필사적으로 계속 손을 씻어대는 것이었다.

그사이에 카운터에는 손님들이 밀려들고, 결국 다른 사
람이 대신 카운터를 볼 수밖에 없을 정도였다. 화장실 청
소는 물론이고, 바닥에 떨어진 쓰레기 하나 못 주울 정도
였다. 하지만 평상시의 성격은 귀여운 남동생 같은 느낌이
라, 미워할 수는 없는 친구였다. 게다가 손님맞이에는 대
단히 능숙했기 때문에, 결국 그가 꺼리는 일은 주변 사람
들이 대신 채워줄 수밖에 없었다.

어느 날, 그 녀석이 아르바이트하는 곳에 여자 친구를 데리고 왔다. 여자 친구는 대단히 예뻤는데, 그 녀석은 "아파트 빌려서 동거하고 있습니다!"라고 말하며 대단히 행복해했다. 다들 "여자 친구 엄청 예쁘잖아! 잘됐다!"라면서 기뻐해줬고, 점장도 서비스로 파르페를 가져다주며 축하해줬다.

그러고 나서 한동안은 "여자 친구가 해주는 밥이 너무 맛있어서 살이 쪄버렸어"라며 행복한 이야기만 했었는데, 동거를 시작하고 반년 정도 지난 후부터는 갑자기 그 녀석이 기운이 없어지더니 아르바이트마저 빠지기 시작했다. 여자 친구 이야기 역시 하나도 하지 않았다.

내가 "요즘 기운이 없네. 여자 친구랑 무슨 일 있었어?" 하고 묻자, 그 녀석은 "……사실은……"이라며 이야기를 꺼냈다.

그 녀석은 태어나서 처음으로 여자아이한테 고백을 받은 것이었다고 한다. 누군지 잘은 모르지만 엄청 귀엽고 예쁜 여자라 기쁜 마음으로 사귀기 시작했던 것 같다.

하지만 그녀와 동거를 시작할 무렵부터 이미 자신의 결벽증 때문에 싸우게 되는 일이 종종 있었다고 한다. 특히 그 녀석이 거슬리던 것은 여자 친구가 생리를 할 때였다고 한다. 냄새가 너무 싫어서 화장실 휴지통에 휴지를 버린 것만으로 난리를 쳤다고 한다.

거기에 욕조가 더러워진다며 생리 도중 목욕을 했다고 화를 냈고, 냄새랑 피가 이불과 침대에 밴다며 같은 침대에서 자는 것마저 거부했다고 한다. 그리고 여자 친구는 복도에 수건을 한 장 깔고 자게 했다는 것이다.

결국 그 때문에 여자 친구와 큰 싸움을 했고, 여자 친구에게 대단히 심한 말을 해버렸다는 것이었다. 여자 친구의 몸에 대해서라든가, 일상생활에서의 사소한 단점을 하나하나 꼬치꼬치 지적하고, "너같이 더러운 여자랑은 이제 못살겠어!"라고 말한 다음 집을 뛰쳐나와 친구 집으로 도망쳤다는 것이었다. 이제 어느덧 가출한 지도 2주가 지났다고 했다.

"지금 시간이라면 여자 친구는 일하러 나가서 없을 테니까 지금 짐을 가지러 가고 싶네요!"라고 말해서, 결국 아르바이트가 끝난 뒤 내가 같이 아파트에 가게 되었다.

"나도 그 여자한테 원한을 사면 어쩌지. 끌려들어 가고 싶지 않은데……"라고 나는 생각하면서도 아파트 문 앞까지는 의리상 같이 있어주기로 했다.

아파트에 도착해, 여자 친구의 차가 없는 것을 확인하

고 조심조심 방문을 열었을 때, 거기에 펼쳐진 처참한 광경에 순간 몸이 굳어버렸다.

벽과 바닥 전부, 어마어마한 수의 휴지가 군데군데 압정이나 테이프로 고정되어 붙어 있었다. 게다가 집 안의 모든 불이 다 켜져 있고, 창문은 활짝 열려 있었다.

여기저기에 엄청난 수의 벌레, 벌레, 벌레……

붙어 있는 다 쓴 휴지에는 젤리 같은 것이 붙어 있어, 그 휴지마다 벌레가 빽빽하게 붙어 있었다.

그것을 다 본 그 녀석은 정신이 나갈 듯 소리를 지르며 여자 친구에게 전화를 걸었지만 연결은 되지 않았다. 번호를 바꾼 모양이었다. 놀라 얼이 빠진 그 녀석이 손을 씻으러 화장실에 들어가자, 비누 속에는 면도날이 한가득 박혀 있었다.

충격과 공포에 젖어 완전히 아비규환이었기에, 나조차도 그 후에 어떻게 집으로 돌아왔는지 잘 기억이 나지 않는다.

그 녀석은 결국 아르바이트를 그만두고 고향으로 돌아갔다고 한다. 그 이후로 나도 그 녀석을 만나지 않았기에 점장에게 들은 것뿐이지만, 그 녀석의 어머니가 가게로 전화를 걸어 그만두겠다고 했다고 한다.

이제 와서 생각해보면 아마 여자 친구는 생리 도중 휴지를 버린 것만으로 그 녀석이 화를 냈기에 버릴 수도 없어 휴지를 어딘가에 모아뒀던 게 아닌가 싶다. 그게 비참할 정도로 모욕을 당하는 상황에까지 이르자, 그녀는 이성을 잃고 벽과 마루에 마구 붙여버린 게 아닐까.

그로부터 얼마 시간이 흐르고, 딱 한 번 그 여자가 가게에 왔었다고 한다.

"그 사람한테, 이걸 좀 전해주세요"라며 갈색 봉투를 두고 갔다고 한다. 그 봉투는 지금까지 아무도 열지 않은 채 가게 한 편에 버려져 있다. 다만 안에 있는 게 흐늘흐늘해서, 나는 뭐가 들어 있을지 대충 상상이 간다.

# 얼굴 인식 시스템

몇 년 전, 나는 어떤 기업 소속 연구팀에 속해 있었다. 연구팀이라고는 해도 하얀 가운을 입고 화학약품을 다루거나 하는 일은 아니다. 우리가 맡았던 일은 '카메라를 통한 얼굴 인식 시스템과 그 응용 방법에 대한 연구'였다.

메인 컴퓨터 한 대에 프로그램을 설치하고, 거기에 여러 곳의 CCTV 영상을 수집해 얼굴을 인식시키는 것이다. 그리고 그 자료를 기반으로 해서 'D : 0001은 X→Y→Z의 경로로 이동했습니다'라는 기록을 자동으로 작성하는 시스템이었다.

다만 그런 시스템 자체는 당시에도 꽤 개발이 진척된 상황이었기에, 기본이 되는 얼굴 인식 프로그램에 추가 기능을 집어넣는 것이 우리 팀의 목표였다. 다른 프로그램과의 차별화를 위한 것이었다.

최초로 시도한 것은 얼굴 인식을 통해 그 사람의 나이를 추정하는 것이었다. 요즘에는 스마트폰 어플리케이션으로도 널리 알려져 있지만, 기본적인 메커니즘 자체는 일기예보와 비슷하다. 미리 각 연령별로 수집한 얼굴을 컴퓨터에 입력해두고, 카메라가 얼굴을 인식하면 수집되어 있는 자료와 비교해 예상되는 나이를 산출하는 것이다.

방법은 무척 간단하지만, 그럼에도 신뢰도는 높아서 테스트 단계에서도 적중률은 40퍼센트에 육박했고, 최종적으로는 오차범위 8살 정도로 맞추는 수준에 이르렀다. 꽤 재미있기는 했지만, 이 정도는 다른 연구팀에서도 추진하고 있는 프로젝트다.

그래서 우리는 조금 더 차별화될 수 있는 독특한 기획을 만들기 위해 머리를 짜내고 있었다. 다행히 우리 연구팀에는 얼굴 사진과 개인 정보의 빅 데이터가 수집되어 있었기 때문에, 여러 가지 시도를 해볼 수 있었다.

이름부터 시작해 학력, 출신지까지……. 하지만 역시 이름을 예측하는 것은 무리였다. 애초에 데이터화되기 힘들 뿐 아니라, 각 사람마다 모두 다를 수밖에 없는 이름을 컴퓨터로 예측하게 하는 것은 불가능했다. 그렇지만 놀랍게도 학력 예측은 '중졸 · 고졸 · 전문대졸 · 대졸'의 4가지 패턴의 단순한 분류였던 덕인지, 50퍼센트에 달하는 적중률을 보였다.

게다가 출신지 예측의 경우에도 예상 외로 높은 적중률을 보였다. 홋카이도부터 오키나와까지 각 지역 사람들의 얼굴을 분류해 입력하자, 각 도시별로 10퍼센트에 가까운 적중률이 나온 것이었다. '겨우 10퍼센트잖아?'라고 생각할 수도 있지만, 솔직히 우리에게는 상당히 충격적인 결과였다.

나이를 알아맞히는 것은, 사람이 한다고 해도 대충 어느 정도인지 가늠은 할 수 있다. 하지만 과연 10명 중 1명이라는 확률이라도, 얼굴만을 통해 그 사람이 어느 도시 출신인지 맞출 수 있는 사람이 있을까? 거기서 나는 어느 정도의 자료만 확보되면 컴퓨터의 예측이 사람보다 정확할 수 있다는 가설을 내놓고, 한층 더 연구에 몰두하기 시작했다.

그러던 어느 날, 팀 내에서도 괴짜로 평가받던 A가 "야, 우리 이걸로 남은 인생 예측 같은 거 해볼까?"라는 제안을 했다. 아무래도 당시 한참 장안의 화제였던 만화 『데스 노트』의 영향을 받았던 것 같다. 하지만 개인 정보의 빅 데이터가 구축되어 있다고는 해도, 당연히 여생에 관한 자료 같은 게 있을 턱이 없다.

"그거야 세상을 떠난 역사적 인물 사진 중에 언제 찍었는지 확실한 사진으로 자료를 만들면 되지. 흑백 사진이라도 인식하는 데는 문제없을 거 아냐?"

물론 컬러 사진에 비하면 인식률 자체는 떨어질지언정, 메커니즘 상 흑백 사진도 큰 상관은 없다. 하지만 그런 제한된 조건이라면 자료의 수가 너무 적다는 게 문제였다.

"중요한 건 얼굴이랑 사진을 찍은 날, 그리고 죽은 날이 확실하기만 하면 되는 거라고. 천재지변이나 사고로 죽은 사람 사진 같은 걸 신문에서 찾아서 쓰면 되잖아."

"그렇게 자료를 모으면 우발적인 사고나 외부 요인으로 인해 죽은 사람도 자료에 포함되어 버릴 텐데……."

"그런 건 어찌 되든 상관없잖아."

A는 능글맞게 웃을 뿐이었다.

당초 내가 여생을 측정하는 시스템 구축이라는 말을 들었을 때 떠올린 것은, 얼굴의 현재 건강 상태를 확인해 언제쯤 자연사할지를 예측하는 형태였다. 하지만 A가 생각하는 것은 아무래도 길거리 점쟁이나 하는 짓을 컴퓨터에

시키려는 것 같았다.

이미 세상을 떠난 사람의 사진을 도구로 사용한다는 것이 조금 꺼림칙하기는 했지만, 그 무렵 우리는 연구에 몰두해 의욕이 넘쳤기에 곧바로 작업에 착수했다. 매일 신문과 뉴스를 뒤적이며 사진을 구해, 죽은 날에서 사진을 찍은 날을 빼서 남아 있는 예정 수명을 산출했다.

몇 주 지나지 않아 2,000여 건에 달하는 빅 데이터가 구축되었다. 이 정도면 실질적으로 의미 있는 자료량에 도달했다고 판단한 우리는, 시험 운용에 들어가기로 했다. 다만 그렇다고는 해도 정답이 있을 수 없는 예측이기에, 오차가 있는지 없는지, 어느 정도나 오차가 나는지는 전혀 알 수가 없다.

맨 처음으로 시험 대상이 된 것은 바로 나였다. 시스템을 가동하고, 카메라 앞에 섰다. 바로 얼굴에 초점이 맞춰지고, 잠시 계산한 뒤 컴퓨터가 예측치를 뽑아냈다.

"60."

일본 남성의 평균 수명이 80세 전후이고, 당시 나를 포함한 우리 연구진이 모두 20대 중반이었다는 것을 감안하면 그럴듯한 예측이었다.

곧이어 다른 멤버들도 하나씩 테스트에 임했지만, 샘플

이 적었던 것인지, 아니면 애초에 계획 자체가 잘못됐던 것인지 예측치는 천차만별이었다.

"23, 112, 75, 42……."

편차도 클 뿐 아니라 상당히 터무니없는 수치였다. 그뿐 아니라 A의 경우에는 무려 0이라는 수치가 나와 버렸다. 역시 컴퓨터에게 이런 수치화되지 않은 데이터를 예측하게 하는 것은 무리였나 싶어서 우리는 낙담했다.

하지만 수작업으로 샘플을 2,000개나 모았는데, 이대로 폐기시키는 것은 너무 아까웠다. 우리는 일단 하룻밤 동안 로그 자동 생성 모드를 켜놓고 회사 서버에 들어오는 모든 CCTV 영상을 분석하게 프로그램을 설정했다.

다음 날 출근해보니, 화면에는 수천 건이 넘는 얼굴 인식 결과가 출력되어 있었다. 통계를 내보니 흥미로운 결과가 나왔다. 촬영 장소에 따라 추정치의 편차가 엄청나게 컸던 것이다. 예를 들면 자료 영상 중 초등학교에 설치된 CCTV 영상의 추정 여생은 106년이었다. 전체 평균인 46년에 비해서 훨씬 높게 나온 것이었다.

반대로 처음으로 평균보다 낮은 수치를 기록한 것은 고속도로에 설치된 CCTV로, 평균 38년이라는 수치가 나왔다. 그런 식으로 평균 여생이 가장 낮은 곳을 검색해가니,

두 번째로 낮은 것은 시내의 양로원이었다. 평균 여생은 15년.

그리고 최하위는 예상대로 병원이었다. 무려 평균 여생이 4년이었다.

하지만 잠시 생각해보니 뭔가 이상했다. 아무리 아픈 사람이 잔뜩 모여 있는 병원이라고는 해도, 평균치가 겨우 4년밖에 안 나오는 것은 뭔가 이상하다. 가벼운 부상으로 잠시 입원한 사람도 있을 테고, 단순한 감기로 진료만 받으러 온 사람도 있을 텐데……

무슨 에러라도 난 게 아닌가 싶은 생각에, 나는 로그를 열어 하나씩 확인하기 시작했다. 그리고 나도 모르게 그 충격적인 자료를 보고 소리를 지르고 말았다.

'D : 1234 ─ VALUE : 34'라는 서식으로 자료가 쭉 나와 있었다.

하지만 그 사이사이에, 34나 50 같은 평범한 수치에 섞여 결코 존재할 수 없는 값이 있었던 것이다. 여생 추정치가 음수로 되어 있었다.

혹시나 병원 쪽 자료만 잘못된 것이 아닌가 싶어 다른 영상의 로그도 확인해봤다. 음수로 뜬 값 자체는 모든 영상에서 2, 3개씩 발견되었지만, 병원 로그만큼 엄청난 숫자는 아니었다.

문자 그대로 해석하자면, '여생 마이너스 3년'이라는 것은 곧 '죽은 뒤 3년 경과'라는 것과 같은 의미다.

정상적인 양수값으로만 평균을 내면 병원의 여생 예상치는 전체 평균보다는 낮지만, 그래도 24년 정도의 수치는 나온다. 하지만 여생이 마이너스로 나온 자료가 극단적으로 많아서, 여생의 평균치가 4까지 떨어진 것이다.

애써 냉정함을 유지하려 노력했지만, 등 뒤로 식은땀이 흐르는 것이 느껴졌다. 그 후 팀원들을 모아 자료를 놓고 논의를 계속했지만, 기분 나쁜 결론만 도출될 뿐이었다.

결론은 크게 두 가지로 나뉘었다.

애초에 여생을 추측한다는 것 자체가 불가능한 일이라 오차 범위가 말도 안 되게 커진 것뿐이라는 것이 하나. 그리고 다른 하나는…… 우리 주변에 실제로 여생이 마이너스인 사람들이 태연하게 활보하고 있다는 것.

당연히 상식적으로는 첫 번째 결론을 받아들일 수밖에 없었다.

윗선에는 '얼굴 인식을 통한 건강 상태 예측'을 하고 있었다고 대충 보고서를 쓴 뒤, 이 프로젝트는 그대로 폐기되었다. 다만 그 후, 내게 이 프로젝트를 결코 잊지 못하게 만든 사건이 일어났다.

시스템 테스트 도중 여생이 0년으로 나왔던 A가, 그 테스트를 하고 1년도 채 지나지 않아 정말로 세상을 떠났던 것이다. 아침 출근 시간에 지하철 플랫폼에서 몸을 던져 그대로 자살했다고 한다. 그 소식을 듣자 온몸에 소름이 끼쳤다.

어떻게 컴퓨터는 그것을 예측할 수 있었던 것일까. 내 머리로는 도저히 이해가 되지 않는다. 컴퓨터에 입력된 정보는 샘플과 대상자의 얼굴뿐이다.

하지만 A는 세상을 떠났다. 컴퓨터가 내놓은 예상치와 정확히 일치하는 해에.

나도 과학을 연구하는 입장이고, 초자연적인 현상이나 비과학적인 것은 믿고 싶지 않다. 하지만 이 사건 이후, 나는 CCTV와 인파가 너무나도 무서워 견딜 수가 없다. 매일 수백, 수천의 사람들을 지나쳐가며 시선이 마주치고, 엇갈려간다. 그사이에 이미 세상을 떠나고서도 몇 년이 훨씬 지난 얼굴을 한 사람이 없다고 단언할 수 있을까.

요즘 나는 병원 근처로 발도 들이지 않고 있다.

과연 앞으로 60년 뒤, 나는 세상을 떠나게 될 것인가.

그것만이 내게 남은 마지막 의문이다.

## 저주하는 편지

카시와기 료코는 매일 편지를 받는다. 매일 같은 여자 아이에게. 매일 교문 앞에서. 매일매일, 완전히 똑같은 내용의 편지를.

안녕.
돼지라고 놀려서 미안해.

빨갛게 책상 위에 물감으로 칠한 것도……. 미리 사과 못 해서 엄청 화났겠지만, 용서해줄래?

죽을죄를 지었다고 생각하니까, 응?

어서 옛날처럼 같이 친하게 지내고 싶어.

버리지 말고, 편지는 꼭 간직해줘.

여하튼, 정말 미안해.


너의 친구, 치에미가


료코와 치에미가 이런 관계가 된 것은, 어느 남학생과의 연애로부터 시작된 것이었다. 그 남자와 료코가 사귀게 되어서, 치에미는 바람을 맞게 된 것이었다. 그리고 그 이후로, 치에미의 괴롭힘이 시작되었다.

'돼지'라고 뒤에서 놀려댄다거나, 가방 속에 면도날을 넣는다거나……, 누군가가 책상에 빨간 물감으로 마구 칠을 해댄 적도 있었다. 이것 역시 분명 치에미의 짓이었다.

그러다 어느 날 갑자기 치에미는 괴롭힘을 그만두더니, 교문 앞에서 편지를 건네주기 시작했다.

"저기, 치에미. 이제 됐어. 나 다 용서했어."

료코는 그렇게 말했지만, "부탁이야! 편지를 받아줘. 내 기분이 시원치 않아서 그래. 정말 미안해!"라고 말했다. 어쩔 수 없이 료코는 매일 아침 편지를 받는 것이 일과가 되어버렸다.

그렇지만 치에미에게 편지를 받기 시작할 무렵부터, 료코는 점차 몸이 불편해져 갔다. 날이 갈수록 몸은 점점 약해져, 마침내 침대에서 일어나는 것조차 힘들어졌다. 엄마는 걱정하며 의사를 불렀지만, 원인은 알 수 없었고 병세는 점점 악화되어갈 뿐이었다.

그리고 이런 상황이 되었는데도 매일 치에미는 병문안을 와서는 같은 내용의 편지를 두고 갔다.


그러던 어느 날, 할머니가 시골에서 찾아오셨다.

할머니는 몹시 놀라며 당황한 얼굴로 료코의 방에 들어오셨다. 그리고 침대에 누워 있는 료코의 얼굴을 살피더니, 놀란 듯이 내려다보았다.

"역시…… 역시 그렇구나."

"하, 할머니……."

"너는 지금 저주를 받고 있어!"

"저…… 저주를……?"

할머니는 염주를 꺼내들고 료코의 방을 쓱 둘러보았다. 그리고 무언가 눈치챈 듯, 료코의 책상에 달려가 서랍을 열었다. 안에는 치에미에게서 받은 수많은 편지가 가득 들어 있었다.

"이거다!"

할머니는 가지고 있던 자루에 료코가 받은 편지를 모두 쓸어 담았다.

"이런 걸 가지고 있으면 안 돼! 빨리 불제를 받아야 해!"

그렇게 말한 뒤 할머니는 편지를 가지고 집에서 뛰쳐나가셨다.

그날 이후, 료코의 몸 상태는 점점 좋아져 갔다. 동시에 치에미의 모습이 보이지 않게 되었다.

그리고 며칠 뒤, 료코는 서랍 한구석에 치에미의 편지가 한 통 남아 있는 것을 발견했다. 도대체 무엇 때문에 할머니가 이 사과 편지를 싹 다 버리셨을까? 별생각 없이 편지를 읽은 료코는 무심코 비명을 질렀다.

전에는 알 수 없었던 저주의 정체가 료코의 눈에도 들어온 것이다.

원한이 깃들어 있는 부분, 딱 한 줄이었다. 료코는 편지를 세로로 읽었던 것이다.

# BB탄

초등학교 무렵, BB탄이라는 작은 플라스틱 구슬을 쏘는 에어건이 유행했었다. 우리는 그 에어건을 가지고 근처의 공원에서 빈 깡통 같은 것을 쏘며 놀곤 했다. 그렇지만 그렇게 노는 와중 빈 깡통으로는 왠지 부족하다는 생각이 들었다.

그래서 누군가를 시작으로 개구리 같은 작은 동물을 공격하기 시작했다. 급기야 그것은 동네의 들개를 공격하는 것으로 발전했다. 총을 쏴서 개를 맞추고, 명중하면 "깨갱!" 하고 소리를 지르며 도망치는 것을 즐거워하며 보고 있던 것이다. 그 탓에 동네 아이들이 보일 때마다 그 개를 공격하게 되어서, 들개는 나날이 피투성이가 되어 몸이 약해져 갔다.

그리고 어느 날, 갑자기 사라진 개를 찾기 위해 이곳 저곳을 돌아다니던 중 우리는 강변에서 시체가 된 들개를 발견했다. 우리가 한 짓이었지만 죄책감이 너무나 컸다. 결국 우리는 각자 부모님에게 지금껏 개를 괴롭힌 것을 고백하고, 돈을 모아 애완동물 화장터로 데려가 장례를 치러줬다.

그로부터 몇 년이 지나 내가 중학생이 되었을 때였다. 그때 우리 집에서는 개를 기르게 되었다. 혈통서가 붙어 있는 매우 비싼 아키타견으로, 우리 가족은 그 개를 무척 귀여워했다.

그런데 어느 사이 우리 집 개는 임신을 해서 배가 점점 불러오고 있었다. 부모님은 낙태를 시킬까 고민을 했지만, 딱 한 번만 강아지를 낳기로 결정했다. 나날이 커져가는 개의 배를 보면서, 우리 가족들은 모두들 귀여운 강아지가 태어나길 기대하고 있었다.

몇 주 뒤, 무사히 4마리의 강아지가 태어났다. 태어난 강아지들은 너무나도 사랑스러워서 가족들은 모두 기뻐했다. 그러나 마지막 한 마리는 전혀 움직이지를 않았다.

보통 갓 태어난 강아지는 태반에 싸여 있어서, 그것을 어미 개가 뜯어 호흡을 시킨다. 하지만 이상하게도 어미 개는 그 태반의 냄새만 맡을 뿐 뜯으려고도 하지 않았다.

그 모습을 보며 걱정이 된 아버지는 과감히 다가가 태반을 뜯었다. 그러자 태반 안에서는 엄청난 양의 BB탄이 쏟아져 나왔다.

# 네잎클로버

"선생님, 이거 봐!"

사키를 올려다보며 다쿠야 군이 손을 내밀었다.

그 조그마한 손 안에는 작은 잎이 달린 풀이 1개 쥐어져
있었다.

"뭐니, 이게?"

"네잎클로버야!"

자세히 보니 확실히 클로버였다. 게다가 정말 잎이 4개
였다.

"정말이네. 대단하구나. 분명 좋은 일이 있을 거야."

다쿠야 군은 자랑스러운 듯 웃었다.

"네잎클로버 엄청 많이 있는걸. 다른 사람들은 모르는

곳을 알고 있어.”

“음, 그럼 모두들 함께 가볼까?”

“네!”

그래서 기자키 초등학교의 1학년 3반 학생들은 야외 수업으로 네잎클로버를 찾으러 오게 된 것이었다.

장소는 거리에서 약간 벗어난, 바닷가에 근접한 산기슭의 들판이다. 버스에서 내린 아이들은 앞을 다투어 들판에 네잎클로버를 찾으러 달려 나갔다.

잠깐 휴식인가. 모처럼 아이들에게서 벗어난 자유를 만끽하기로 했다. 사키는 들판을 이리저리 뛰어다니는 아이들을 바라보면서 들판 한구석에 앉았다. 하지만 그런 평화가 오래 갈 리 없었다.

“선생님! 이거 봐! 네잎클로버!”

미치코가 네잎클로버를 가지고 달려왔다.

“대단하네! 눈 깜짝할 사이에 찾아냈구나!”

“응, 여기에 가득 있는걸.”

“와, 그럼 네잎클로버로 왕관도 만들 수 있겠네.”

“응, 만들래!”

그렇게 말하고 미치코는 다시 달려가 버렸다.

그 직후에는 고지 군이 달려왔다.

"선생님! 봐요, 여기 네잎클로버!"

"우와, 대단하구나."

"선생님, 내 것도 봐요. 봐, 네잎클로버만 가져왔어!"

요헤이 군이 두 손에 대단히 많은 네잎클로버를 가지고 왔다.

확실히, 모두 네잎클로버다.

이상하다. 네잎클로버가 이렇게나 많이 발견되는 것이었나.

"선생님, 5개 잎이 달린 클로버야!"

사나에가 10개 정도의 클로버를 가지고 왔다.

"설마, 그렇게나 많이 있다고?"

하지만 자세히 보니 전부 5개 잎의 클로버였다.

"선생님, 6개 잎의 클로버."

"나는 7개야!"

"나는 8개!"

"9개짜리도 있다!"

"10개!"

차례로 아이들이 많은 잎을 붙인 클로버를 찾아왔다.
10개의 잎이 달린 클로버는 줄기가 비틀어져, 그 줄기에 나선형으로 잎이 붙어 있었다.

이럴 수가……. 당황한 사키는 곧 자신이 앉아 있는 주변을 보았다.

전부 다 바닥의 풀이 모두 네잎클로버였다.

"저쪽에 가면 잎이 훨씬 많이 붙은 것이 있어요."

요쿠 군이 가리키는 방향으로 걸어가면서, 사키는 발밑의 클로버를 보았다. 네잎클로버가 무리 지은 곳을 지나가니 서서히 5개 잎, 6개 잎, 7개 잎이 차례로 나타났다.

10개를 지날 때가 되자 들판의 모습이 바뀌었다.

클로버들은 모두 비틀어져 지면에 붙은 듯 쓰러져 몸부림치는 듯한 모습을 하고 있었다.

게다가 걸어가다 보면 11, 12, 13개로 마구 클로버의 잎이 늘어나 이미 클로버라고는 볼 수 없는 모습을 하고 있었다.

마치 찌부러진 지네 같았다. 줄기가 구불구불 자라고 그 양옆으로 잎이 나열해 있다. 만지는 것조차 주저하게 되는, 어쩐지 기분 나쁜 모습이었다.

"선생님, 이거 봐. 잎이 21개나 돼!"

그 목소리에 발밑에서 얼굴을 든 사키의 눈에 어쩐지 기분 나쁜 클로버를 가진 아이의 모습이 들어왔다. 그리고 그 아이의 뒤편, 산기슭에 세워져 있는 저 거대한 건물. 원자력 발전소가 그 모습을 드러내고 있었다.

# 노목

내가 옛날 살던 집 옆에는 몇십 년은 된 커다란 모밀잣밤나무가 있었다. 우리 뒷집 사람 소유의 나무였지만, 우리 집은 그 나무 때문에 불편한 점이 한두 가지가 아니었다. 가을만 되면 엄청난 낙엽이 우리 집 마당에 떨어지는 것은 물론, 수령이 몇십 년은 된 노목이었기에 뿌리부터 썩어들어 가고 있어 우리 집에 넘어질 것처럼 기울어져 있었기 때문이다. 태풍이 부는 날이면 가족들이 모두 모여 혹시 나무가 넘어지는 것은 아닌지 벌벌 떨며 걱정할 정도였다.

몇 번이고 뒷집 사람에게 항의했지만, "우리 집에 있는 나무니까 마음대로 불평하지 마세요!"라는 대답만 돌아와

단념할 수밖에 없었다.

그런데 어느 바람이 강하게 불던 날, 드디어 노목의 나뭇가지가 꺾어져 다른 집으로 날아가 버렸다.

다행히 우리 집은 아니었지만, 그 집 지붕의 기와가 갈라져 버릴 정도로 큰 사고였다. 그 탓에 손해배상을 해줘야만 했던 뒷집 주인은 마침내 그 나무를 베어버릴 수밖에 없었다.

노목이 베여나간 지 1년 후, 그곳에는 6층 건물의 으리으리한 맨션이 들어섰다. 그리고 그 맨션의 맨 위층에는 뒷집 사람의 할머니가 관리인으로 입주하게 되었다.

그러던 어느 날 밤이었다.

밖에 나갔다 집으로 돌아오고 있던 나는 역에서 집까지 걸어오고 있었다. 맨션은 우리 집 바로 뒤였기 때문에 멀리서도 그 모습이 보였다.

그런데 맨션이 가까워질수록, 맨션의 옥상 부근에 어쩐지 뭉게뭉게 안개 같은 것이 끼어 있는 것이 보였다.

한 걸음 앞으로 갈 때마다 맨션은 가까워졌고, 그 안개 같은 것이 무엇인지도 차차 눈에 들어왔다.

어렴풋하게 보이던 것이 뭔지 구별해낸 순간, 나는 얼

음장같이 굳어져 더 이상 한 걸음도 앞으로 내디딜 수 없게 얼어붙고 말았다.

안개같이 낀 흰 연기 속에는 수많은 목이 하늘에 둥둥 떠 있었다.

목은 하나하나 모두 다른 얼굴을 하고 있었고, 남녀가 섞여 다양한 연령대의 얼굴들이 있었다. 그런데 기묘하게도 그 얼굴들에 공통점이 있었다. 모든 얼굴들이 얼굴 한가득 기분 나쁜 미소를 히죽이고 있었다.

그날의 충격적인 일로 나는 매일 작은 일에도 소스라치게 놀라며 두려움에 떨게 되었다.

그리고 며칠 뒤, 맨션의 관리인이던 할머니가 옥상에서 뛰어내려 자살을 했다는 소식을 듣게 되었다. 노인성 치매가 원인이라는 소문이 나돌았지만, 과연 그것이 죽음의 이유였을까?

할머니는 뛰어내려 지면에 부딪혀서 죽었던 것이 아니었다. 떨어지던 도중 나뭇가지에 목을 관통당해 죽었던 것이다.

죽음의 그림자였던 흰 연기가 그 맨션에 맴돌고 얼마 지나지 않아 할머니가 자살했지만, 나는 할머니를 자살로 이끈 건 어떻게 생각해도 노목이 원한을 품고 복수한 것이라고밖에 생각되지 않는다. 그날 나 홀로 그 끔찍한 것을 목격한 이후 내가 내린 결론이다.

# 휴대전화

밤에 이부자리 안에서 벽 쪽을 향해 누운 채 친구에게 문자를 보내고 있는데, 갑자기 가위에 눌렸다. 전혀 몸이 움직이지 않았다. 고개도 돌릴 수가 없어서, 그저 한곳만을 계속해서 보고 있을 수밖에 없었다.

'……'

그렇게, 휴대전화의 화면을 계속해서 보고 있었다.

하지만 거기에는 방금 전까지 내가 쓰고 있던 문자의 내용은 없었다. 갑자기 이상한 영상이 재생되기 시작한 것이었다.

누군가가 걸으면서 비디오 촬영을 한 것 같은 동영상이 나오고 있다. 그리 특별한 것은 없는 길을 돌아다니고 있다. 시점은 사람의 눈높이 정도에 맞춰져 있다.

마치 사람이 걸으면서 보고 있는 풍경을 그대로 찍은 것 같다. 화면의 안쪽에서 앞을 향해 걸어오는 사람도 있고, 시점과 같은 방향으로 걷는 등을 돌리고 있는 사람도 몇 명 있다. 그리고 화면의 중앙에는 시점과 완전히 같은 속도로 걷는 사람이 등을 돌린 채 걷고 있다. 여러 사람들이 스쳐 지나가고, 갈림길도 나오지만 그 사람은 계속 영상 한가운데에 있다. 아무래도 그 사람을 쫓고 있는 영상인 듯하다.

밤에 집으로 돌아가는 도중인 것 같다. 영상은 대단히 뚜렷하다. 걷다 보면 당연히 손이 흔들리겠건만, 작은 진동 하나 없이 걷고 있다. 누군가가 비디오카메라를 가지고 걷고 있는 것이라면 약간의 손떨림이라도 있을 법한데, 영상에는 그런 것이 전혀 느껴지지 않았다. 분명히 살아 있는 사람을 찍고 있지만, 그것을 찍고 있는 쪽은 결코 사람이라고 느껴지지 않는다.

주인공과 그 뒤를 쫓던 인물이 집에 도착한다. 자취생인 듯하다. TV를 켜고, 목욕을 하고, 맥주를 마시고, 저녁 식사를 먹는다. 휴대전화는 그 모든 광경을 영상으로 중계해준다. 나는 꼼짝없이 굳은 채 그저 바라만 볼 뿐이다.

드디어 동영상 속의 사람이 잠자리에 들었다.

곧바로 자려는 것은 아닌 듯, 이불을 덮은 채 휴대전화로 문자를 보내기 시작한다. 그리고 그 사람은 벽 쪽을 향한 채 움직이지 않게 되었다. 그 역시 나처럼 휴대전화의 화면만을 응시하고 있다.

아까부터 이 영상인 채로 전혀 움직이지 않는다. 내 몸역시 마찬가지다. 영상의 시점에서 주인공과 그 뒤를 쫓던 것의 차이는 고작해야 1미터 정도였다.

그리고 지금, 내 뒤에서 숨소리가 들린다…….

## 믹스 주스

학창 시절 나는 어느 카페에서 아르바이트를 하고 있었다. 그곳은 프랜차이즈 체인점이었지만, 상당히 너그러워서 휴식 시간이나 근무 중에 마음대로 커피나 음료를 만들어 마셔도 되는 곳이었다. 그렇기에 휴식 시간에는 언제나 마음대로 취향에 맞는 음료를 만들기 마련이었다.

나는 커피는 그다지 좋아하지 않았기에 언제나 여러 과일 주스를 섞어 믹스 주스를 만든 다음 차게 해서 먹곤 했다. 하지만 그것은 내가 직접 만드는 것은 아니었다. 무척 상냥한 아르바이트 선배가 있어서, 언제나 그 선배가 휴식 시간만 되면 "힘들지?"라며 특별히 믹스 주스를 건네주곤 했다. 그것은 일부러 아침 일찍 만들어 시원하게 식혀놓은 주스였다. 그래서 정작 내가 주스를 만들어 먹은 적은 한 번도 없었던 것이다.

그러던 어느 날, 나는 우연히 일찍 출근하게 되었다. 그래서 "오늘은 내가 선배한테 답례로 주스라도 만들어 드리자"라고 생각해서 주방으로 향했다.

그날은 선배와 나를 빼면 아르바이트를 하는 사람이 없는 날이었기에, 아침 청소도 끝난 김에 맛있는 주스라도 만들어줄 생각이었다.

그런데 부엌에서 믹서가 도는 소리가 들려왔다. 아무래도 오늘도 선배가 먼저 주스를 만들고 있는 것 같았다. 기분만 잡쳐서 나는 주방 창문으로 몰래 선배를 관찰하기로 했다. 사실 늘 얻어먹는 그 맛있는 믹스 주스는 뭘 넣어서 만드는 건지 알고 싶기도 했다.

그런데 선배는 이상한 짓을 하고 있었다. 주머니에서 필름 통을 꺼내더니, 그 안에 들어 있는 것을 믹서 안에 붓고 중얼중얼 혼잣말을 하고 있었다. 그리고 몸을 쭉 내민 채 믹서를 들여다보는 선배의 입으로부터 무엇인가 뚝뚝 떨어졌다.

믹서가 돈다. 뚝뚝. 여전히 믹서는 돈다. 뚝뚝.

순간 충격에 말도 나오지 않았지만, 그보다 더 큰 분노가 일어 참지 못하고 나는 주방 문을 열었다.

"지금 뭐하시는 거예요!"

선배는 한창 믹서 안의 주스에 자신의 침을 흘려 넣고
있었다.

"아, 안녕."

"뭐하시는 거냐고요!"

"어, 나야 너한테 주려고 주스 만들고 있었는데⋯⋯."

"네? 그럼 선배가 늘 제게 줬던 주스에 이런 짓을 했던
겁니까?"

선배는 대답이 없었다.

"이게 무슨 짓이에요! 그리고 뭐죠, 이건?"

믹서 옆에 있는 필름 통을 잡자, 기분 나쁜 냄새가 가볍
게 감돌았다.

필름 통 안을 보자, 색도 냄새도 영락없이 정액이었다.

선배는 잔뜩 찡그린 내 얼굴은 아랑곳없이 쑥스럽다는
얼굴을 했다.

그러더니 "미안, 좋아하고 있었어. 그리고 저기, 지금
솔로지? 나랑 사귀지 않을래?"라고 말하며 싱긋 웃었다.

나는 할 말을 잃었다. 방금 전까지 그렇게 기분 나쁜 짓
을 해놓고 고백이라니.

이제 와서 생각해보니 이 선배는 제정신이 아니었던 것 같다. 무엇보다도 몇 달 동안이나 그놈의 체액이 들어간 주스를 마셨다는 생각에 구토보다도 현기증이 밀려왔다.

게다가 나는 남자다.

나는 그날로 아르바이트를 그만두고, 그 후로 그 가게 근처에는 얼씬도 하지 않고 있다.

# 선택

오늘은 만우절이다. 딱히 할 것도 없던 우리들은 여느 때처럼 내 방에 모여서 맥주를 마시고 있었다. 지루했던 우리는 게임을 하기로 했다.

마침 만우절이겠다, 거짓말을 해보기로 한 것이었다. 그리고 그것을 안주 삼아 이야기하며 술을 마시기로 했다. 시시한 게임이었다. 하지만 그 시시함이 좋았다.

1번 타자는 나였다.

"이번 여름에 헌팅한 여자가 임신했지 뭐냐. 실은 지금 한 아이의 아버지라고."

그때서야 처음 알았지만, 사람은 거짓말을 하라고 시키면 정작 100퍼센트 거짓말은 할 수 없다. 나는 여름에 헌팅은 하지 않았지만, 여자 친구가 임신했던 터였다. 한 아이의 아버지는 아니었지만 낙태를 시킨 아이는 있었던 것이다.

어느 놈이 어떤 거짓말을 하고 있는지는 좀처럼 알 수 없다. 그리고 알 수 없기 때문에 더 즐겁다. 그렇게 순서대로 거짓말은 이어져서, 결국 마지막 놈의 차례가 되었다.

그 녀석은 홀짝 맥주를 삼키고, 염치없다는 듯 이렇게 말했다.

"나는 너희같이 그럴듯하게 거짓말은 못 하겠어. 그 대신 하나 만들어낸 이야기를 해줄게."

"뭐야, 그게. 게임의 취지에 어긋나잖아."

"에이, 상관없으니까 들어봐. 심심하게 만들지는 않을 테니까."

그렇게 말하고 자세를 바로잡은 그는 중얼거리며 이야기를 시작했다.


아침에 일어나자 아무것도 없는 흰 방에 있었다. 어째서 거기에 있는지, 어떻게 거기까지 왔는지는 전혀 기억에 없다. 단지 눈을 뜨자 내가 그곳에 있었다.

한동안 망연자실한 채 상황을 파악하지 못하고 서 있었

지만, 갑자기 천장에서 소리가 들려왔다. 낡은 스피커인지, 노이즈가 낀 이상한 목소리였다.

"지금부터 나아가게 될 길은 인생의 길이며, 인간의 업을 걷는 길이다. 선택과 고민과 결단만이 있다. 걷는 길은 많아도 끝은 하나. 결코 모순된 길을 걷지 마라."

그제야 깨달았지만, 내 등 뒤에는 문이 있었다. 옆에는 '나아가라'라고 써진 붉은 글씨가 찰싹 붙어 있었다. 그 문으로 들어서자 오른손에는 텔레비전이, 왼손에는 침낭이 들려 있었다. 텔레비전에서는 쉴 새 없이 수많은 나라의 굶주린 이들의 모습이 비치고 있었다. 그리고 바닥에는 종잇조각이 떨어져 있었다.

'3개 중 하나를 고르시오.

하나. 오른손의 텔레비전을 망가트리기.

둘. 왼손의 침낭 속 사람을 죽이기.

셋. 당신 스스로 목숨을 끊기.

첫 번째를 선택하면 출구에 가까워집니다. 당신과 왼손 침낭에 들린 사람은 앞으로 나아가고, 그 대신 텔레비전에 나온 사람들이 죽습니다.

두 번째를 선택하면 출구에 가까워집니다. 그 대신 왼손 침낭에 들린 사람은 죽고 맙니다.

세 번째를 선택하면 왼손 침낭에 들린 사람은 출구에 가까워집니다. 하지만 당신은 그대로 끝입니다.'

어이가 없었다. 셋 중 어느 것을 선택해도 답이 없었다. 화가 날 정도로 멍청한 소리였다.

하지만 정작 그 상황에 놓이자 그런 생각은 들지 않았다. 오히려 나는 공포에 질려 덜덜 떨고 있었다. 그 정도로 그 방의 분위기는 이상했고, 뭐라 말할 수 없는 중압감이 있었다.

그리고 나는 생각했다. 어딘가에 살고 있는 불특정 다수의 생명인가. 바로 옆에 있는 낯선 하나의 생명인가. 나 자신이 그 누구보다 잘 알고 있는 그 목숨인가.

앞으로 나아가지 않으면 어차피 죽는다. 그것은 세 번째를 선택하는 것일까.

싫다.

아무것도 모른 채 여기서 죽고 싶지는 않다. 하나의 생명인가, 아니면 많은 이들의 생명인가. 그것은 비교할 필요도 없었다.

침낭 옆에는 커다란 창이 있었다. 나는 조용히 창을 손에 들고, 천천히 치켜든 뒤 움직이지 않는 애벌레 같은 모습의 침낭으로 창을 내리 꽂았다.

둔한 소리가, 감각이 전해진다. 다음 문은 아직 열리지 않았다. 한 번 더 창으로 찌른다.

얼굴이 보이지 않는다는 점이 죄악감을 마비시킨다. 한 번 더 창을 치켜들자, 철컥하고 문이 열렸다. 오른손의 텔레비전에서는 색이 없는 눈동자의 아귀가 부릅뜬 눈으로 나를 바라보고 있었다.

다음 방에 들어서자 오른손에는 여객선의 모형이, 왼손에는 똑같이 침낭이 있었다. 바닥에는 역시 종이가 떨어져 있었고, 거기에는 이렇게 쓰여 있었다.

'3개 중 하나를 고르시오.

하나. 오른손의 여객선을 부수기.

둘. 왼손의 침낭을 태우기.

셋. 당신 스스로 목숨을 끊기.

첫 번째를 선택하면 출구에 가까워집니다.

당신과 왼손에 들린 사람은 앞으로 나아가고, 그 대신 여객선의 승객들은 죽습니다.

두 번째를 선택하면 출구에 가까워집니다. 그 대신 왼손 침낭에 들린 사람은 죽고 맙니다.

세 번째를 선택하면 왼손 침낭에 들린 사람은 출구에 가

까워집니다. 하지만 당신은 그대로 끝입니다.'

　여객선은 단순한 모형이었다. 제대로 생각하자면 그런 모형을 부순다고 사람이 죽을 리가 없었다. 하지만 그때 나는 그 종이에 적힌 것은 반드시 사실이라고 생각했다. 이유는 없었지만, 단지 그렇게 믿고 있었다.

　나는 침낭 옆에 있던 등유를 침낭이 젖도록 뿌리고, 성냥을 켜서 던졌다. 침낭은 금세 불길에 휩싸였다. 나는 여객선의 앞에 서서 뿌연 연기 속의 모형을 바라보며 문이 열리기만을 기다렸다.

　2분 정도 지났을까. 더 이상 시간 감각은 없었지만 사람이 죽는 시간이니 아마 2분 정도였을 것이다. 철컥하는 소리와 함께 다음 문이 열렸다. 왼손이 어떻게 되어 있는지 확인은 하지 않았고, 하고 싶지도 않았다.

　다음 방에 들어서자 이번에는 오른손에 지구본이 있었고, 왼손에는 또 침낭이 있었다. 나는 빠른 걸음으로 들어서 종잇조각을 주웠다.

　'3개 중 하나를 고르시오.

　하나. 오른손의 지구본을 부수기.

　둘. 왼손의 침낭을 쏘기.

셋. 당신 스스로 목숨을 끊기.

첫 번째를 선택하면 출구에 가까워집니다. 당신과 왼손에 들린 사람은 앞으로 나아가고, 그 대신 지구상 어딘가에 핵폭탄이 떨어집니다.

두 번째를 선택하면 출구에 가까워집니다. 그 대신 왼손 침낭에 들린 사람은 죽고 맙니다.

세 번째를 선택하면 왼손 침낭에 들린 사람은 출구에 가까워집니다. 하지만 당신은 그대로 끝입니다.'

내 사고나 감정은 이미 완전히 마비되어 있었다. 나는 반쯤 기계적으로 침낭 옆에 있는 권총을 주워 장전하고, 곧바로 방아쇠를 당겼다. 탕 하고 메마른 소리가 울려 퍼졌다.

"탕, 탕, 탕, 탕, 탕—."

리볼버는 6발을 쏘자 텅 비었다. 처음으로 쏜 권총은 편의점에서 물건을 사는 것보다 더 간편했다. 문으로 향하자 이미 열려 있었다. 몇 번째 총알로 침낭 속의 사람이 죽었는지는 알고 싶지도 않았다.

마지막 방은 아무것도 없는 방이었다. 나는 무심코 "어?" 하고 소리를 냈지만, 여기가 출구일지도 모른다는 생각이 들어 마음을 놓았다.

겨우 나왔구나 싶었다. 그러자 다시 머리 위에서 목소리가 들려왔다.

'마지막 질문이다.

3명의 인간.

그리고 그 3명을 제외한 전 세계의 인간.

그리고 너.

셋 중 하나를 죽여야 한다면 너는 무엇을 선택하겠나.'

나는 아무것도 생각하지 않고, 조용히 내가 온 길을 가리켰다. 그러자 머리 위에서 또 소리가 들렸다.

"축하한다. 너는 모순에 빠지지 않고 선택을 완료했다. 인생이란 선택의 연속이며, 익명의 행복 뒤에는 익명의 불행이 있고, 익명의 삶을 위해서는 익명의 죽음이 있다. 너는 그것을 증명했다. 그러나 그렇다고 결코 생명의 무게가 가볍다는 것은 아니다. 마지막으로, 너에게 한 사람 한 사람의 생명이 얼마나 무거운 것인지를 느끼게 해주마. 출구는 열렸다. 축하한다, 축하한다."

나는 멍하니 그 소리를 들으며, 안심하면서도 허탈함에 잠겼다. 온몸에서는 힘이 빠져서, 휘청거리면서 겨우 마지막 문을 열었다. 빛이 쏟아지는 눈부신 방을 반쯤 장님처럼 걸어가자, 다리에 무엇인가가 부딪혔다.

세 개의 영정이 있었다. 아버지와 어머니, 그리고 동생의 영정이.

그의 이야기가 끝났을 때, 우리는 침도 삼킬 수 없을 정도로 긴장하고 있었다. 이 이야기는 도대체 뭘까. 형용할 수 없는 압박감은 무엇이란 말인가.

거기에 있는 모든 사람이 형체 없는 불안감에 사로잡혀 있었다. 나는 맥주를 한입에 마시고, 애써 소리를 높여 이렇게 말했다.

"그런 기분 나쁜 이야기는 그만해! 재밌는 거짓말을 해보라니까! 그래, 너도 이번에는 이야기 말고 뭐라도 거짓말을 해봐!"

그러자 그는 한쪽 입꼬리만을 끌어올린 기분 나쁜 미소를 지었다. 그 표정을 보자 나는 몸 밑바닥부터 몸부림치는 공포를 느꼈다. 그리고 그 녀석이 입을 열었다.

"벌써 했어, 거짓말은."

"뭐?"

"……하나 만들어낸 이야기를 해줄게, 라는 거짓말."

# 흙더미

여름방학이라 그날은 아침부터 더웠다. 방에서 게임에 몰두하고 있던 소년의 귀에, 엄마의 질책이 들려왔다.

"애, 게임만 하지 말고, 정원 좀 정리할래. 엄마랑 약속했잖니?"

소년은 얼마 전에 가지고 싶은 고가의 게임기를 사는 대신, 여름방학 동안 매일 아침 정원의 잡초를 뽑아주기로 엄마와 약속했던 것이다. 좀처럼 졸라도 값비싼 게임이라 말도 못 꺼내게 하셨지만, 무심결에 툭 던진 '정원 정리'란 말에 그렇게 쉽게 게임기를 사주실 거라 생각도 못했다.

TV 화면에서 시선을 돌려 창밖을 보니, 구름 한 점 없이 탁 트인 시원한 푸른 하늘이 보였다. 조금 짜증이 나기도 했지만, 고맙고 미안한 마음이 든 소년은 이내 단념하고 일어났다. 게임기의 전원을 끄고 대충 정리한 후, 종종걸음으로 아래층으로 내려갔다.

손바닥만 하다는 말이 어울릴 만큼 작은 정원이었지만, 그래도 초등학생인 소년에게 정원 정리는 중노동이었다. 익숙하지 않은 자세에다 한여름의 타는 듯한 햇볕이 내려쪼인다. 10분도 되지 않아 무더위에 소년의 온몸은 땀투성이가 되었다.

사방 1미터도 정리하지 않았지만, 소년은 앓는 소리를 내며 비틀비틀 정원 한구석의 은행나무로 다가갔다. 푸르디푸르게 잎이 우거진, 이 정원에서 유일하게 그늘이 있는 곳이었다.

나무 밑에 앉아서 소년은 잠시 숨을 돌렸다. 바람은 그다지 불지 않지만 그래도 햇빛을 그대로 받는 것보다는 훨씬 낫다.

살 것 같다고 느끼던 찰나, 소년은 자신이 앉아 있는 곳이 조금 튀어나와 있는 것을 발견했다. 불룩하게, 마치 무엇인가 묻혀 있는 것 같은 모양이었다.

소년은 호기심이 발동한 나머지 그곳을 파기 시작했다. 몇 분 지나지 않아, '그것'이 땅속에서 나타났다.

기묘하리만치 흰, 그렇지만 얼룩덜룩 보라색으로 변색된 가냘픈 팔. 그 손끝의 약지에는, 백금으로 만들어진 반지가 끼워져 있었다.

소년은 그 반지를 알고 있었다.

그것을 알아차리자마자, 소년의 머릿속은 완전히 하얗게 어지러워졌다.

"엄마······."

그렇다면 아까 자신에게 정원을 정리하라고 시켰던 그 목소리의 주인은 도대체?

중얼대는 도중, 어느새 툇마루에서 나오고 있던 '엄마'와 눈이 마주쳤다.

수직에 가깝게 위로 쭉 찢어진 눈, 귀 부근까지 크게 웃는 것처럼 찢어 갈라진 입. 이상한 얼굴의 '엄마'였다.

그날도 아침부터 더웠다.

소년은 엄마와의 약속대로, 오늘도 땀투성이가 되어가며 풀 뽑기에 열심이었다. 그 덕인지 정원은 이전보다 훨씬 산뜻해져서, 좀 더 보기 좋게 변해 있었다.

은행나무는 오늘도 나무 그늘을 만들고, 소년은 잠시 후 바람을 쐬러 그곳에 앉았다. 그리고 그 밑동에는, 수북하게 쌓인 흙더미가 둘 놓여 있었다.

흙더미를 파헤쳐보니 익숙한 살점이 눈에 들어왔다.

"아빠……."

사시나무 떨 듯 온몸이 떨리던 소년은 그 자리에서 그대로 얼어붙었다.

'내일 나는 정원 정리를 할 수 있을까?'

# 콘센트

처음 그것을 알아차린 건 여자 친구가 방 청소를 해줬을 때였다.

나는 정리정돈을 잘 못하는 성격이라 좁은 자취방 안은 쓰레기봉투와 온갖 쓰레기로 가득 찬 정신없는 상태다.

아무리 그렇다고는 해도 TV에 나올 법한 쓰레기투성이 집 수준은 아니고, 다분히 걸어 다닐 공간 정도는 청소해 두고 산다.

어쨌거나 남자가 혼자 살면 방 정리 같은 건 영 엉망진 창이 되기 마련이다.

결국 종종 방에 여자 친구가 찾아와서 청소를 해주곤 했던 것이다.

그날도 평소처럼 나는 여자 친구와 함께 방 청소를 하고 있었다.

나는 그녀와 반대쪽에서 청소를 시작했다.

책이나 소품을 책장이나 책상에 가지런히 정리하고, 가끔 그녀가 잡동사니를 들고 오면 필요한 것인지 아닌지를 말해주면서 어느새 방은 조금씩 정돈되고 있었다.

그때 여자 친구가 뭔가를 발견했다.

"저기……."

그녀가 가리킨 것은 잡지와 비디오테이프 같은 것에 가려 있는 콘센트 안쪽이었다. 상당히 긴 머리카락 1개가 콘센트에 꽂혀 있었다.

"이거 누구 머리카락이야?"

나에게 친구라곤 남자밖에 없다는 것을 아는 터라 여자 친구는 나를 의심하는 눈초리로 쏘아보았다. 그렇지만 아무리 생각해도 나는 여자 친구 말고는 다른 여자를 방에 데려온 기억이 없었다.

더구나 그렇게 머리가 긴 여자라면 더더욱.

그녀가 계속 의심을 풀지 않고 나를 째려보았기 때문에 나는 콘센트에 꽂힌 머리카락을 잡았다.

머리카락은 미끄러지듯 풀려나왔다.

"파사삭―."

기분 나쁜 감촉에 나는 나도 모르게 손을 놓아버리고 말았다. 마치 진짜 사람 머리 가죽에서 머리카락을 뽑은 것 같은 리얼한 느낌이었기 때문이다.

긴 머리카락은 깨끗한 백지에 잉크가 떨어지듯 하늘하늘 바람에 흔들리며 바닥에 떨어졌다.

나는 나도 모르게 그 콘센트 구멍을 들여다보려 했다. 하지만 그 안은 당연하게도 캄캄해서 아무것도 보이지 않았다.

우리는 청소를 마친 뒤 노래방에 가서 놀았다. 거기서 과음을 했던 탓인지 나는 방에 돌아오자마자 죽은 것 같이 잠에 빠져들었다.

다음 날 눈을 떴을 때는 전철 시각이 코앞이었다. 나는 벌떡 일어나 멍한 표정으로 학교에 갈 준비를 하기 위해 던져놨던 가방에 손을 댔다. 그리고 그때, 어제 그 콘센트가 눈에 들어왔다.

시커먼 두 개의 구멍 중 한쪽에 긴 머리카락이 또 힘없이 축 늘어져 있는 것이다. 어제 뽑아버렸던 머리카락과 똑같았다. 길이로 보아도 같은 사람의 머리카락 같았다.

나는 잠이 싹 달아나며 새파랗게 질렸다. 마치 무슨 촉수처럼 콘센트에서 자라나 있는 그 모습이 너무나 기분 나빴다.

"파사삭—."

얼른 그것을 뽑았는데, 또다시 그 리얼한 감촉이 손에 전해졌다.

"기분 나쁘잖아……."

나는 그렇게 중얼대며 그 구멍에 평소 사용하지 않던 라디오 카세트의 코드를 꽂았다.

뽑은 머리카락은 창문으로 던져버리고, 서둘러 가방을 챙겨 방을 나섰다.

머리카락은 바람을 타고 어딘가로 날아갔을 것이라 생각하면서.

그 이후 나는 카세트를 꽂아둔 덕이랄지, 한동안 콘센트의 존재 자체를 잊고 평범한 일상을 보내고 있었다.

방은 어느새 또 더러워지고 있었다. 이불 옆에는 보고 던져놓은 만화책이 산처럼 쌓였고, 또다시 여자 친구가 와주기만을 기다리고 있었다. 유일하게 빈 공간은 쓰레기통처럼 쓰고 있었다. 쓰레기통은 이미 가득 차버린 지 오래였고, 나는 쓰레기가 손에 집히면 쓰레기봉투에 직접 던져버리고 있었다.

제일 처음 머리카락을 발견하고 나서 한 달쯤 지났을 때였을까?

"끼긱……. 끼기긱……. 끼긱……. 끼기긱……."

밤중에 갑자기 울려 퍼진 기분 나쁜 소리에 나는 눈을 떴다.

"아……, 뭐야……?"

괴로워하면서 불을 켜보니 콘센트에 꽂은 뒤 방치해뒀던 라디오 카세트에서 드르륵거리며 기묘한 소리가 나오고 있었다.

쌓아둔 만화보다 훨씬 뒤편에 있던 카세트가 보이는 게 이상하다 싶어 자세히 살펴봤다. 어째서인지 주변에는 쌓아뒀던 책들이 무너져서 주변에 뒹굴고 있었다.

설마, 라디오의 소리로 이 책들이 무너진 것인가 싶었지만 그렇게밖에 생각할 수 없었다.

"끼긱……. 끼기긱……."

라디오 카세트는 아직도 부서진 것같이 묘한 소리를 내고 있었다. 나는 다가가 카세트의 전원 버튼에 손을 올렸다. 그리고 그제야 나는 알아차렸다.

전원은…… 이미 꺼져 있었다. 전원이 꺼져 있는데도 소리가 나고 있던 것이다.

역시 고장 난 것일까?

나는 라디오 카세트를 들어 올려 확인하기 위해 양손으로 카세트를 잡고 일어섰다.

콰직…… 하고 기분 나쁜 감촉이 느껴졌다.

그리고 나는 그대로 입을 떡 벌리고 얼어붙고 말았다.

라디오 카세트 뒤편의 콘센트. 거기에 사람 한 명 수준의 머리카락이 휘감겨 있었던 것이다. 소리는 코드에 덩굴처럼 얽혀서 삐걱대고 있는 것이었다.

눈으로 살펴보니 그것은 콘센트의 한쪽 구멍에서 자라나고 있는 것 같았다. 이전에 촉수 같다고 잠시 생각한 적이 있었는데, 지금 보니 실제 그게 정답이었다.

……하지만 그것이 끝이 아니었다. 내가 놀라서 카세트를 그대로 있는 힘껏 당겨버릴 때였다.

"빠 지 직— 빠 지 직."

카세트에 얽혀 있던 몇십 만 가닥의 머리카락이 머리 가죽에서 뽑혀 나오는 것이 느껴졌다.

동시에 콘센트의 저편에서 엄청난 절규가 끝없이 울려 퍼졌다.

콘센트 구멍 한 곳에서 일제히 머리카락이 뽑혀 나오고, 걸쭉하고 새빨간 피가 구멍에서 솟구쳤다…….

나는 마침내 비명을 지르며 그대로 기절했다.

정신을 차렸을 때 방 안은 피투성이였고, 머리카락이 여기저기 흩어져 있는 끔찍한 모습이었다.

나는 뭐에 홀린 것처럼 누가 볼세라 방을 깨끗이 청소하고 그날 바로 방에서 나왔다.

마지막으로 본 방의 모습은 여전히 그 콘센트에 머리카락 한 가닥이 촉수처럼 길게 늘어져 있었다…….

# 흑백 사진

고등학생 때, 집에서 가까운 산에 친구인 S, K와 함께 셋이서 캠핑을 간 적이 있었다. 일단 캠핑이랍시고 오기는 했지만, 딱히 할 것도 없었기에 산속을 탐험하기로 하고 안으로 들어갔다. 꽤 깊은 곳까지 들어가자, 배도 고프고 해도 저물기 시작해 우리는 슬슬 돌아가기로 했다.

그런데 발을 돌리려는 그 순간, K가 숲 안쪽에 오두막이 있는 것을 발견했다.

우리는 호기심에 그 오두막에 들어가 보기로 했다. 지금 생각해보면 그때 빨리 돌아갔어야 했다.

오두막은 대단히 오래되었고 낡아서, 사람이 사는 흔적은 보이지 않았다. 출입문은 잘 열리지 않았지만, K와 S가

힘을 주어 억지로 열었다.

안에 들어가자 역시 폐허였다. 오랜 시간 사람이 살지 않은 것 같았다. 넓이는 다다미 6장 정도였다. 안에는 장롱이나 신문지 다발이 지독한 먼지 속에 놓여 있었다.

친구들이 오두막 안을 살피는 동안, 나는 바닥에 널려 있는 신문지 다발을 읽어보았다. 날짜는 모두 1951년 즈음이었다.

이 오두막의 거주자는 언제까지 여기 있던 것일까.

나는 한 장 한 장 신문을 넘겨가며 읽기 시작했다. 그러다가 그중 한 장에서, 낯익은 기사를 발견했다. 나는 경악했다.

그 신문은 바로 어제 신문이었던 것이다!

하지만 어떻게 보아도 이 오두막에 사람이 다녀간 흔적 따위는 없었다. 당황스러우면서도 어떤 기분 나쁜 예감이 나를 휘감았다.

그때, "으악!" 하고 S가 소리를 질렀다.

"무슨 일이야?"라고 묻자, "저 선반을 열었더니 이런 게 나왔어"라고 S는 대답했다. 선반 안에는 흑백 사진과 부적이 잔뜩 들어 있었다.

사진은 어떻게 표현해야 할지 모르겠지만, 흰 배경 안

에 사람 모양의 검은 물체가 찍혀 있었다. 놀랍게도 모든 사진이 똑같았다.

"위험해! 빨리 여기서 도망치자!"

순간 너무나 공포에 찬 나머지 소리쳤고, 우리는 그대로 오두막을 나와 전력으로 캠핑 장소까지 돌아왔다. 주변은 이미 어두워진 뒤였다.

"오늘 일은 꿈이라고 생각하고 다 잊자."

K가 그렇게 말했지만, 너무나 기묘하고 극한 공포감에 휩싸인 상태여서 잊기 힘들 것 같았다.

그런데 그 캠핑 이후, S가 점점 이상해지기 시작했다.

뭐라고 할까, 먼 곳을 보고 있는 느낌이었다. 전혀 산 사람다운 생기가 느껴지지 않고, 이름을 불러도 알아차리지 못할 정도였다.

마침내 S는 학교에도 오지 못하는 처지가 되었다.

나는 갑작스러운 S의 상황이 너무 걱정되어 S의 집을 찾아갔다. S의 어머니는 불편한 표정으로 나를 맞아주었다.

나는 S를 부르며 안부를 물으려고 방으로 들어갔다. 그러자 방 안에는 그 오두막에서 보았던 똑같은 흑백 사진이 빽빽하게 붙어 있었다.

# 빗소리

그날 밤은 비가 거세게 내리고 있었다. 목적지인 '심령 스팟 터널' 앞에서 차를 대고 잠시 기다렸다. 영감 따위는 없지만, 분위기는 확실히 기분 나빴다.

무서운 곳이라는 이미지가 있어서일까?

우리는 잠시 멈췄다 서서히 터널 안으로 들어섰다. 이런 체험은 처음이었기에, 두근거리는 기묘한 느낌이었다. 친구들도 유원지에서 탈것을 앞에 둔 아이처럼 눈을 빛내고 있었다.

그다지 외딴 곳은 아니지만, 다른 차는 보이지 않는다. 그래서 우리는 꽤 느린 속도로 나아갔다. 무엇인가가 일어나기를 바라면서.

그렇지만 아무 일도 일어나지 않고 터널 끝까지 나와 버렸다. 터널 벽을 관찰하던 친구들도 딱히 이상한 것을 보지는 못했다고 한다.

"다시 한 번 가보자"라는 제안이 나왔고, 그 제안에 모두가 찬성했다.

나는 차를 터널 구석에서 U턴했다.

이번에도 터널 끝까지 아무 일도 없었다. 우리는 한가했기에 몇 번 더 왕복해보기로 했다. 빗줄기가 거세졌는지, 빗방울이 차를 두드리는 소리가 더욱 시끄러워졌다.

서너 번 정도 왕복했을까, 친구 중 한 명이 "야, 이제 그만 돌아가자"라고 말했다. 딱히 이상한 일도 없었기에, 질려버린 것 같았다.

하지만 왠지 목소리는 떨리고 있는 것처럼 느껴졌다. 터널 출구가 보이는 곳에서 일단 차를 세우고 뒤쪽의 친구를 돌아보았다. 돌아가자고 말했던 녀석은 어깨를 움츠리고 덜덜 떨고 있었다.

"야, 너 왜 그래? 뭐라도 봤어?"라고 물었지만, "빨리 여기서 나가자"라는 말뿐이었다.

비는 더욱 심해져 보닛을 두드리는 소리가 귀청을 찢을 듯했다.

어쨌거나 우리는 터널을 나와 쉴 만한 곳을 찾기로 했다. 겨우 한숨을 돌릴 수 있던 것은 국도 변의 패밀리 레스토랑에 도착해서였다.

여름인데도 덜덜 떨고 있던 친구 녀석도 간신히 안정을 찾은 듯했다.

"야, 이제 괜찮냐? 도대체 아까 왜 그랬던 거야?"

"안 들렸냐, 그게?"

친구는 의아하다는 얼굴로 우리를 바라보았다.

괴음 같은 게 들렸나? 그렇지만 나는 전혀 듣지 못했다.

"나는 잘 모르겠는데……. 뭐, 운전도 하고 있었고, 빗소리가 너무 커서……."

"들었잖아!"

갑자기 그 녀석이 소리를 질러서 모두 깜짝 놀랐다. 심야이다 보니 패밀리 레스토랑에는 사람이 거의 없었지만, 아르바이트생이 일하다 깜짝 놀라 우리 쪽을 바라보았다.

그렇지만 나는 아직도 이 녀석이 무슨 말을 하는 것인지 이해할 수가 없었다.

"뭐가 들렸다는 거야? 제대로 좀 말해봐."

몹시 궁금했던 나는 짜증 섞인 말투로 말했다.

잠시 무거운 침묵 뒤, 친구가 조용히 입을 열었다.

"비야, 비. 우리는 계속 터널 안에서 있었잖아! 어째서
빗소리가 차 바로 위에서 들리는 건데……!"

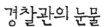

# 경찰관의 눈물

이제는 세월도 한참 흘렀지만, 직접 내 눈으로 보았고 아직도 선명히 남아 잊히지 않는 기억이다.

연말, 어느 현의 연락선 선착장에서 배를 기다리고 있었다. 추운 겨울바람 속에서 벤치에 앉아 바다를 멍하니 보고 있는데, 문득 주차장에서 이상하게 움직이는 경차가 보였다. 주차 구역에 차를 댔다가 바로 빠져나오기도 하고, 주차장 안을 계속 빙빙 돌기도 하는 것이었다.

뭐하는 건가 싶어 계속 지켜보고 있자, 차가 내 옆까지 오더니 멈춰 섰다. 안에서 깡마른 중년 여자가 나왔다. 곧이어 딸인 듯한 초등학교 저학년쯤 되는 여자아이와, 그보다는 약간 나이가 있어 보이는 여자아이가 따라 내렸다.

중년 여자는 딸들에게 자판기에서 주스를 뽑아주었다. 자판기를 찾고 있었나 싶어, 나는 다시 바다 풍경 쪽으로 시선을 옮겨 바라보고 있었다.

잠시 뒤, 경찰차가 주차장에 들어섰다. 선착장 건물 옆에 차가 멈추더니, 안에서 늙은 경찰관과 20대 초반으로 보이는 젊은 경찰관이 내렸다. 꽤 한가로워 보이는 것이 아무래도 사건 같은 게 생겨서 온 것은 아닌 듯, 천천히 건물 안으로 들어가고 있었다. 아마 연말이니까 순찰이라도 한 바퀴 돌면서 시간을 보내는 것이리라.

슬슬 배가 올 시간도 가까운 것 같아, 나도 건물 안으로 들어가려던 참이었다.

"끼익!"

주차장에서 타이어 마찰음이 들렸다. 뒤를 돌아보니, 아까 봤던 그 경차가 갑자기 속도를 내서 달려가고 있었다. 바다를 향해서.

마치 슬로우 비디오를 보는 것 같이, 경차가 천천히 절벽에서 떨어진다. 그리고 차의 앞부분부터 바닷속으로 사라져 간다. 나는 한순간 벌어진 일에 그저 멍하니 그것을 바라만 보고 있었다.

하지만 누군가가 외친 "차가 바다에 떨어졌다!"는 외침에, 순간 정신을 차렸다. 주변에 있던 사람들이 차가 떨어진 절벽으로 달려갔다. 경차는 뒷부분만 수면에 내민 채, 아슬아슬하게 떠 있었다.

나는 어떻게 해야 할지 고민했지만, 당장 내가 할 수 있는 것은 그저 파도에 이리저리 흔들리는 흰 경차를 바라보는 것뿐이었다.

그러는 사이 선착장 건물 안에서 직원과 아까 그 경찰관 두 명이 달려왔다. 하지만 그 사람들이라고 해서 뭘 특별히 손을 쓸 수 있는 것도 아닌 터라, 그저 절벽에 서서 어쩔 줄 모르고 발만 구를 뿐이었다.

사람들 사이에서는 답답함과 무력감이 가득 찬 긴장만이 흘렀다. 그러나 곧 젊은 경찰관이 웃옷을 벗고, 권총이 달린 벨트를 풀러 나이 많은 경찰관에게 건넸다. 그리고 크게 숨을 한 번 쉬더니, 그대로 바다로 다이빙을 했다.

수면에 닿아 바닷속으로 잠시 사라졌던 경찰관은, 수면에 떠오르자마자 천천히 가라앉고 있는 경차를 향해 헤엄쳐갔다.

"힘내요!"

주변 사람들이 경찰관을 향해 응원을 보냈다. 어느새

나도 소리를 지르며 그를 응원하고 있었다. 하지만 그 경찰관은 그리 수영을 잘하지 못하는지, 가끔씩 물에 잠기기도 하는 것이 무척이나 위험해 보였다.

그러나 강한 의지력 덕인지, 사람들의 응원에 힘입은 그는 겨우 경차까지 도착했다. 그리고 차체에 손을 대고 뒷유리 위로 뛰어올랐다.

다행히 경차는 경찰관이 올라탔는데도 수면 위에 떠 있었다. 절벽 위에서는 큰 환호성이 울려 퍼졌다.

경찰관은 창문 안을 향해 무엇인가 소리를 치며, 차 뒤쪽 문을 열려고 손잡이를 잡아당겼다. 하지만 문은 열리지 않는다. 차가 물 위에 떠 있다면, 안에는 아직 공기가 있을 텐데…….

그렇게 생각하고 있는데, 갑자기 경찰관이 창문을 주먹으로 내리치기 시작했다. 몇 번이고, 몇 번이고.

"……말 ……들어요! ……이러다……앉아요!"

멀리서나마 조금씩 경찰관이 소리치는 것이 들린다. 멀리서 보아도 유리를 내려치는 경찰관의 주먹에서 피가 나 새빨갛게 물든 것이 보였다. 그럼에도 유리를 내려치는 손은 멈추지 않았지만, 창문은 좀처럼 깨질 기미가 보이지 않았다.

그때, 그제야 차가 물에 빠졌다는 것을 알았는지 근처 바다에서 조업을 하고 있던 어선이 빠른 속도로 다가오기 시작했다.

어선이 경차 근처로 오면 모두 구조할 수 있다! 다들 그렇게 생각한 순간, 속도 조절을 잘못한 탓이었을까. 어선이 그대로 경차에 충돌하고 말았다.

경찰관은 크게 튀어 올라 바다로 날아갔다. 게다가 어선에 부딪힌 탓에 균형이 무너진 것인지, 경차가 급속하게 바다로 빠져 들어가기 시작했다.

결국 절벽에서 지켜보던 수많은 사람들을 뒤로하고, 눈 깜짝할 사이 경차는 파도 속으로 사라져버렸다. 차에서 밖으로 나온 사람은 없었다.


잠시 뒤, 어선에 의해 구조된 경찰관이 선착장으로 왔다. 혼자 걷기도 힘들 정도로 지친 젊은 경찰관에게 모두가 박수를 보냈다. 나도 손이 아플 정도로 박수를 쳤다. 비록 구조할 수는 없었지만, 당신은 충분히 노력했다고 말해주고 싶었다.

하지만 경찰관은 땅에 엎드리더니 큰 소리로 울기 시작했다. 그리고 말했다.

"차 안에서 어머니가 아이들을 절대 놓아주지 않았어
요. 아이가 울면서 손을 내밀었는데…… 내가 할 수 있는
게 아무것도 없었어요……."

경찰관의 눈물 앞에서, 누구도 뭐라 말 한 마디 할 수
없었다.

여자는 남편이 바람을 피우자, 인생을 비관한 나머지
딸들과 함께 투신자살을 택했다고 한다.

지금도 그때 잠깐 보았던 아이들의 모습과, 너무나도
슬프게 울던 경찰관의 모습을 잊을 수가 없다.

## 사료쟈

어느덧 2년이라는 세월이 흘렀지만, 지금도 결코 잊을 수 없는 일이 있다. 평소와 같이 데이트를 한 뒤, 당시 사귀고 있던 M이 자취방까지 나를 바래다주겠다기에 함께 걷고 있었다.

M은 평소 귀신이나 영혼 같은 게 보인다고 말하곤 했었지만, 나는 딱히 관심도 없을뿐더러 그냥 그러려니 했기에 그때까지 별생각 없이 웃어넘겨 왔었다. 그러나 그런 능력이 실제로 있다는 것을 믿게 된 사건이, 그날 돌아가는 길에 생겼다.

대학생이다 보니 데이트 코스는 으레 학교 근처를 오가는 매일 비슷한 곳이었다. 하지만 언제나 내 자취방으로 가는 길 도중에, M이 무슨 일이 있어도 지나가고 싶지 않다는 곳이 있었다. 그래서 언제나 그곳을 피해서 지나다니곤 했다. 이유는 그 길에는 왠지는 알 수 없지만 가까이만 가도 기분이 나빠지기 때문에 지나가고 싶지 않다는 것이었다.

하지만 그날따라 오랫동안 걸은 탓에 나는 무척 지쳐 있었다. 머릿속에는 조금이라도 빨리 집에 돌아가서 쉬고 싶다는 생각뿐이었다. M이 싫어하는 길로 가지 않고 돌아가려면 꽤 오랫동안 걸어야 집에 도착한다.

그래서 나는 오늘만 그 길을 통해 집으로 가자고 M에게 제안했다. 하지만 그가 막무가내로 반대하는 바람에 결국 크게 말싸움을 하고 말았다. 내가 혼자라도 그 길을 통해 가겠다고 고집을 부리자, M도 어쩔 수 없이 함께 따라오게 되었다. 아무리 그래도 여자 친구를 혼자 보내기가 께름칙했던 모양이다.

그 길로 들어서자, M은 한눈에 보기에도 새파란 얼굴로 겁에 질려 있었다. 그런데 시간이 고작해야 밤 11시 정도였던 데다, 가로등도 있어서 길이 그리 어둡지 않았다. 게다가 내 눈에는 어디에나 있는 평범한 골목길로 보일 뿐이었다.

하지만 눈에 띄게 두려워하는 남자 친구가 마음에 걸려, M에게 괜찮은지 물었다.

다행히 "지금까지는 괜찮아"라는 대답이 돌아왔다. 미안한 마음에 괜히 고집을 부린 게 아닌가 싶었지만, 일단 들어선 길이니 빨리 여기를 벗어나면 되겠지 하는 마음에 나는 걸음에 속도를 붙였다.

조금만 나아가면 두 갈래로 나뉜 길이 나오고, 집으로 가려면 왼쪽 길로 가면 된다. 갈림길에 도착할 무렵에는 M도 꽤 안정을 되찾은 듯했기에, 나도 안심하고 아무런 주저 없이 왼쪽 길로 들어섰다.

하지만 그때부터 시작이었다. 왼쪽 길로 발을 내디딘 순간, 뭐라고 설명하기는 힘들지만 갑자기 주변의 분위기가 이상해졌다. 소리도 전혀 들리지 않고, 그때까지는 멀쩡하던 가로등 불빛도 어두워졌다. 마치 시력과 청력이 퇴화되어서 바로 주변의 것만 인식할 수 있게 된 것 같은 느낌이었다.

그와 동시에 추운 곳에 계속 있었던 것 같이 발이 저려오고, 경련이 일어나 제대로 걸을 수가 없었다. 온몸에 힘도 들어가지 않아 그 자리에 주저앉을 것만 같았다. 하지만 어째서인지 힘도 하나도 없고 덜덜 떨리기까지 하는데,

발이 온몸을 떠받치듯 버티고 있어서 나는 그저 제자리에 내내 서 있을 뿐이었다.

그때, 갑자기 앞에서 휙 하고 돌풍 같은 것이 불어왔다. 마치 옆으로 전철이나 커다란 자동차가 지나간 것 같은 느낌이었다. 그리고 그 순간 "사료쟈! 사료쟈!"라고 하는 크고 작은 목소리가 주위에 울려 퍼졌다. 가깝게는 귓전에서 바로 들리는 것도 있고, 저 멀리 어딘가에서 외치는 듯 메아리처럼 들리는 것도 있었다. 그렇게 한동안 아우성처럼 시끄럽게 소리가 지나갔다. 돌풍 같은 것이 지나간 후에도 나는 아연실색하고 있을 뿐이었다.

M은 조금 전과는 비교할 수 없을 정도로 핏기가 가신 얼굴을 하고 있었다. 그러더니 갑자기 내 곁에 다가와서 필사적으로 내 다리를 손으로 때리기 시작했다. 나중에는 빨갛게 부어오를 정도로 심하게 맞았지만, 이때는 다리에 감각이 없어서 전혀 아픔을 느끼지도 못했다.

그렇게 한참을 가쁜 숨만 몰아쉬고 있었다. 하지만 곧 다리에 감각이 돌아오면서 나는 그대로 바닥에 주저앉고 말았다. 옆을 보니 M도 지친 기색으로 주저앉아 있었다. 가쁜 숨을 몰아쉬며 "이제는 괜찮아"라고 나를 다독여주었다.

M의 말에 의하면, 왼쪽 길로 들어선 순간 갑자기 앞에서 검고 흐릿한 것들이 마치 안개처럼 흘러와 우리들의 몸을 휘감고 지나갔다고 한다. 그리고 내 다리에는 그 검은 안개에서 나온 무수한 손이 달라붙어 있어서, 필사적으로 그것을 털어냈다는 것이다.

그 이야기를 듣고 나서 보니, 그 길은 확실히 뭔가 이상했다. 고작해야 50미터 정도 되는 짧은 구간이지만, 그 사이에 사당이나 신사가 7개씩이나 모여 있다. 그리고 그 길 좌우에 있는 거의 모든 집 현관 앞에 소금이 뿌려져 있었다. 개중에는 술이 놓여 있거나 부적이 몇 장 붙어 있는 집도 보인다. 무엇보다도, 도시 한복판인데도 불구하고 여기저기에 낡고 허름한 폐가들이 눈에 띄었다.

게다가 이 길을 피해서 가면 엄청나게 돌아가야 하는 것 자체도 이상한 일이었다. 도시계획에 의해 설계된 도로인데도, 유독 이곳만 직접 지나가지 않으면 주변으로 크게 우회해서 지나가야만 하는 위치였다. 그렇지 않으면 아예 막다른 골목으로 이어져 오도 가도 못 하게 된다.

직접 겪은 일도 있을뿐더러, 뭔가 사연이 있는 게 분명하다고 생각한 나는 동네 토박이인 학교 선배에게 그 길에 관해 물었다. 그 선배의 말에 따르면, 그 구역에는 과거 소위 '부락'이라고 불리는 하층민 거주 지구가 있었다고 한다. 그 당시 뭔가 꺼림칙한 사건이 있었던 모양인데, 부락 자체는 2차 세계대전이 끝나기도 전에 사라지고 말았고, 그 사건 자체는 금기시되어 전해지지 않았기에 선배도 모른다고 했다.

그 후에도 지역 사람들은 이 땅 자체를 저주받은 곳으로 여기며 결코 발을 들여놓으려 하지 않았다고 한다. 하지만 전쟁이 끝나고 20년 정도 지날 무렵부터 외지인들이 개발을 시작하면서 지금과 같은 형태로 도로가 났다는 것이다.

그 후로도 오랫동안 내 가슴속에는 의문이 남았다. 도대체 그 부락에서는 무슨 일이 벌어졌던 것일까? '사료쟈!'라는 말은 무슨 뜻이었던 것일까?

그리고 그 진실을, 2년이나 지난 지금에 와서야 겨우 알게 되었다. 얼마 전 우리 학교에 교환학생으로 온 한국인 후배가 이 이야기를 듣고 내게 이런 말을 해준 것이다.

"그거 혹시 한국어 아닐까요? 한국어 중에 '살려줘!'라는 말이 있는데. 들을수록 딱 그 말 같네요."

전쟁 당시에는 일본에 살고 있던 조선인들을 시답지 않은 일로 트집을 잡아 마구 죽이는 일도 흔했다고 한다. 아마 그 부락은 조선인들이 살던 곳이 아닐까. 억울하게 세상을 떠난 그들이, 아직까지도 울부짖으며 고통스러워하고 있는 것일지도 모른다.

# 여름방학 아르바이트

작년 여름방학에 아르바이트했을 때의 이야기다. 여름
방학 직전, 나와 친구 A, B는 학교 게시판을 살피고 있었
다. 그런데 그중 이상한 아르바이트의 모집 광고가 있었던
것이다. 그 내용은 '일당 8천 엔. 피서지에 있는 별장으로
이사하는 작업. 3박 4일로 숙박 포함. 식비와 교통비는 별
도로 지급함'이라는 것이었다.

나는 "어, 이거 꽤 괜찮지 않냐?"라고 묻자 A는 "전단대
로라면 그 별장에서 묵는 거겠지? 편하고 괜찮을 것 같은
데, 전화해볼까?"라고 대답했다. B 역시 "피서지에서 지내
면서 돈까지 받을 수 있다니, 괜찮네"라고 동의해서 우리
는 재빨리 전화를 걸었다.

전화를 받은 곳은 별장의 관리 사무소 같은 곳이었다. 우리들은 운이 좋게도 면접 같은 것도 거치지 않고 전화 한 통화만으로 즉시 채용되었다.

아르바이트 당일, 우리들은 이른 아침에 출발해 오전 중에 만나기로 약속하고 별장 근처의 역에 도착했다. 역에 도착하니 이미 우리들을 맞이하러 온 차가 기다리고 있었다. 안에는 사람 좋아 보이는 40대 정도의 아저씨가 타고 있었다.

별장으로 향하면서 아저씨는 우리들에게 여러 가지 작업 내용에 대해 설명해주었다. 대충 기억을 떠올려보자면 장소는 피서지에서 약간 떨어진 곳에 있는 2채의 별장이라는 것이었다. 건물이 오래되고 입지가 영 좋지 않아서 주인이 찾지 않게 되고, 어차피 살 사람도 없을 것이라는 생각에 헐어버릴 예정이라고 한다.

그 안의 물건을 모두 옮겨내어 집을 쉽게 허물 수 있게 돕는 것이 우리의 일이라고 했다. 덧붙이자면 짐을 옮기기 위해 매일 저녁 밴이 오지만, 작업 자체는 우리들 3명만 하기로 되어 있었다. 식사는 그 밴에 실어서 매번 가져다 줄 테니 전혀 걱정할 필요가 없다고 하며, 별장은 두 곳 모두 전기, 가스, 수도가 연결되어 있다고 했다.

단지 휴대전화가 터지지 않는다고 하셨지만, 전화가 비치되어 있어 연락에 불편한 점은 없을 거라고 했다. 또 잠은 자고 싶은 방에서 자도 되지만, "어차피 나중에 짐은 다 끌어내야 하니까 이왕 잘 거면 입구에서 가까운 쪽이 좋을걸?"이라고 아저씨는 말했다. 지금에 와서 생각해보니 그것은 외부와 완전히 격리되어버리는 것을 뜻했다. 상당히 수상한 일이었지만 당시 우리들은 그것까지는 생각하지 못하고 있었다.

별장에 도착하고 나서 우리들은 조금 당황했다. 건물이 낡았다는 이야기는 들었지만, 눈앞에 있는 건물은 생각했던 것 이상이었다. 2채 모두 큰 건물로, 보통 집과 별다름 없는 크기의 통나무집 같은 느낌이었다. 하지만 나무 벽은 거무스름해져 있었고, 해가 비치지 않는 곳이 있어 건물 밑에는 이끼가 가득이었다.

게다가 정원은 몇 년이나 방치한 것인지 완전히 황폐해져 있었다. 나무는 시든 채 가지를 여기저기 뻗고 있었고, 무성한 잡초 사이로 여기저기 담쟁이덩굴이 얽혀 있었다.

나와 친구들이 멍하니 계속 서 있자, 아저씨는 "뭐, 밖에서 볼 때는 이렇지만, 안은 제법 괜찮아"라면서 가까운 건물부터 내부 소개를 시작했다.

다행히도 아저씨의 말처럼 밖과는 달리 건물 안은 꽤 깔끔했다. 누군가 먼저 조금 정리를 하고 있었던 것인지, 현관을 들어서자 옆의 선반에 골판지 상자가 여럿 놓여 있었다. 하지만 그 이외에는 그다지 걱정할 만한 것도 없었고, 별장이라고는 해도 평범한 집과 별로 다르지 않다고 생각하며 계속 안내를 받았다. 그다음에는 다른 한 채의 별장 쪽으로 가게 되었다.

현관에 들어서자 조금 곰팡이 냄새가 풍겼다. 뒤쪽에서는 묘하게 음침한 기운도 느껴졌다. 아저씨는 거리낌 없이 건물 안의 설명을 해나갔지만, 마지막에 아직 가지 않았던 1층 복도 안쪽을 보면서 이렇게 말했다.

"저 안쪽은 가까이 가지 않는 편이 좋아. 전에 비가 새서 그 이후로 바닥이 미끄러워져서 위험해. 저 안쪽 방에는 별다른 짐도 없어서 그냥 헐어버릴 거니까."

아마 곰팡이 냄새는 그 때문인가, 라고 납득했다. 대충 설명을 마치고 아저씨는 우리에게 명함을 건넸다.

"그럼, 잘 부탁해"라고 말한 아저씨는 돌아가 버렸다.


첫날은 오후부터 작업을 시작한 탓에 어느 정도 정돈되어 있는 첫 번째 건물부터 시작했다. 건물 2층의 짐을 1층으로 내려놓는 작업을 하고, 저녁에 밴을 타고 온 아까와 다른 아저씨에게 짐을 넘기는 것으로 첫날 작업은 끝났다.

우리들은 곰팡이 냄새가 나는 집에서 자고 싶은 생각은 없었기 때문에 아까 작업을 한 건물의 거실에서 자기로 했다. 저녁 식사를 먹고 목욕을 하자, 지쳐 있었던 탓에 금세 잠이 몰려왔다.

다음 날 아침, 아침 식사를 하고 있는데, B가 갑자기 이상한 말을 했다.

"저기…… 너희, 어젯밤에 이상한 소리 못 들었냐?"

A가 "뭔 소리?"라고 반문하자, B는 "아니, 밤에 잠이 깨서 화장실에 갔었는데, 밖에서 무언가를 질질 끄는 것 같은 이상한 소리가 들렸거든. 왠지 기분 나빠서"라고 대답했다.

나는 B가 우리를 겁주려고 장난치는 것 같은 생각이 들어 "너는 입만 열면 거짓말이냐?"라고 웃으면서 받아쳤다.

하지만 B는 진지한 얼굴로 "장난이 아니라 진짜로 들었어"라고 말했다.

나는 예상외의 대답에 조금 당황했다. 그러자 A가 "그럼 작업 시작하기 전에 잠깐 주변을 돌아보고 올까?"라고 제안했다.

식사를 마치고 우리는 A의 제안대로 별장 주변을 잠깐 산책하기로 했다. 하지만 주변을 거닐어 보아도 워낙 풀이 무성해서 지나갈 수 없는 곳도 있었던 데다 딱히 눈에 띄는 점도 없었다.

결국 그 일은 B가 동물이 지나가는 소리 같은 걸 들은 것으로 일단락됐다.

그날은 전날과 마찬가지로 어제 잤던 건물의 정리를 했다. 하루 이상 걸리지 않을까 걱정했지만, 의외로 빨리 작업이 진행되어 그날 중으로 모두 정리하고 짐을 옮겨 보낼 수 있었다.

그날 밤 내가 자고 있는데, 옆에서 자고 있던 B가 나를 깨웠다. B는 A도 깨워놓은 상태였다.

내가 "이런 밤중에 왜 깨우는 거야"라고 투덜거리자, B는 "조용히 하고 밖에서 나는 소리를 들어봐"라고 작은 소리로 말했다. 나와 A는 "뭐야"라고 생각하면서도 귀를 기울였다.

그러자 "지익, 지익—" 하고 무엇인가를 질질 끄는 것 같은 소리가 들려왔다. 나와 A는 서로를 마주 보고, B에게 조용한 소리로 "뭐야, 저거?"라고 물었다.

B는 "낸들 아냐? 그러니까 깨운 거 아냐"라는 볼멘소리

만 했다.

동물의 소리라고 보기에는 무언가 지나치게 규칙적이었다. 저런 소리를 내는 동물이 무엇인지 도저히 짐작조차할 수 없었다.

나는 조금은 무서웠지만, A와 B에게 "창문으로 바깥을살펴보지 않을래?"라고 제안했다. A와 B 역시 나만큼 겁에 질린 듯했지만, 소리의 정체가 마음에 걸렸던 탓에 우리는 창문 쪽으로 조용히 이동했다.

커튼을 조금 열고 밖을 살폈다. 그러자 다른 쪽 건물 현관 쪽에 무엇인가가 보였다.

어두운 가운데 달빛 외에는 밝은 빛이 없었기 때문에 무엇인지는 잘 보이지 않았지만, 1미터가 조금 넘어 보이는어린아이 정도 사이즈의 무언가가 흔들흔들 흔들리면서거무스름한 것을 질질 끌고 있는 것이 보였다. 우리들은숨소리 하나 내지 않고 가만히 바라보고만 있었다. 그것은스르륵 무엇인가를 질질 끌면서 건물 그림자 쪽으로 사라져 갔다.

그것이 완전히 보이지 않게 되고 나서 2~3분쯤 지났을까. A가 "뭐야, 저거?"라고 입을 열었다. 내가 "사람……인가?"라고 물었지만 B는 "저렇게 작은 사람이라면 어린

애잖아? 어린애가 이런 깊은 산속에, 게다가 한밤중에 있을 리 없어. 말도 안 된다고"라고 대답했다.

확실히 그 말에 일리가 있었다. 그렇다면 저것은 무엇이란 말인가?

A가 "……일단 확인하러 갈까?"라고 제안했다. 하지만 나는 그것을 본 후 완전히 겁에 질려 있었다. 바로 "아니야. 어차피 내일 저쪽 건물을 정리하러 갈 거잖아. 그때 같이 확인하자"라고 제안했고, A도 말은 했지만 내심 무서웠던지 B와 같이 그렇게 하자고 동의했다. 그리고 그날은 어떻게든 잠을 청했다.

다음 날 아침, 피로와는 분명히 다른 이유로 우리의 다리는 무거웠다. 하지만 지금은 어젯밤의 그것을 확인하러 가지 않으면 안 되었다. 나와 A, B는 가까이에서 나무 막대를 주워 손에 쥐고 겁을 내면서 어젯밤 그것이 보였던 부근의 덤불을 조사하기 시작했다.

잡초를 헤집으며 별장 뒤편의 덤불을 조사하던 중 막대기 끝에 무엇인가 부드러운 물건이 닿았다.

나는 A와 B에게 "야, 여기 뭐가 있는 거 같아!"라고 소리쳤다. 덤불을 밀어 헤쳐보니 그것은 하수구의 진흙같이 생긴 무엇인지 알 수 없는 질척질척한 검은색의 물체였다.

자세히 보니 그곳에만 있는 것은 아니었다. 띄엄띄엄 여기저기에 떨어져 있었던 것이다. 뒤를 따라가 보니 별장 뒤의 벽에도 찰싹 달라붙어 있었다.

그 물체의 흔적은 별장 마루 밑쪽까지 자국이 계속되어 있었다. 그렇지만 거기까지였고, 그 이상 별다른 이상한 것은 없었다. 마루 밑쪽의 입구 부근에는 그 질척질척한 물체가 있는 반면 안쪽에는 없는 것 같았다.

나도 A도 B도 왠지 조금 기대하고 있던 것이 빗나갔던 것인지 김이 빠진 느낌이었다. 우리는 결국 어딘지 꺼림칙한 느낌을 가지고 이사 작업을 계속 하기로 했다.

오후가 되고 2층 부분이 슬슬 정돈되기 시작해서 조금 쉬자고 B가 말을 꺼냈다. 그러자 1층에 있던 A가 "잠깐 이쪽으로 좀 와볼래?"라고 우리들을 불렀다.

1층에 내려가 보니 A는 전에 비가 새서 바닥에 곰팡이가 피고 있다던 복도의 앞 근처에 서서 우리들을 손짓으로 부르고 있었다.

B가 "왜 그래? 무슨 일 있냐?"라고 묻자, A는 "이 안쪽에서 뭔가 부스럭거리는 소리가 나는데, 뭔가 있는 걸까? 어제 그거라든가"라고 정색을 하고 말했다.

나는 순간 오싹했지만, 겁내고 있는 것을 들키고 싶지 않았기 때문에 "그럼 확인해볼까?"라며 가고 싶지 않았지만 복도 안쪽으로 걸어가기 시작했다. 그러자 안쪽으로부터 "바스락! 부스럭!" 하고 무엇인가가 꿈틀거리는 소리가 들려왔다. 우리는 모두 굳어버렸다.

B가 겨우 "동물이라도 안에 들어가 있는 거겠지?"라고 전혀 자신 없는 목소리로 말했다. 하지만 어제의 일도 있으니 모두 정말 무섭기는 매한가지다. 그렇지만 공포와 더불어 확인할 것은 확인해서 안심하고 싶다는 기분도 공존하고 있었다. 그래서 우리는 용기를 쥐어짜 내 어둑어둑한 복도 안쪽으로 들어가 보기로 했다.

"저벅, 저벅."

바닥은 습기로 인해 곰팡이투성이인 모양이었고, 걸을 때마다 기분 나쁜 소리가 났다. 거기다 안쪽에서 들려오는 바스락거리는 소리도 사라질 기미가 보이지 않았다.

그래도 우리는 용기를 내서 앞으로 나아갔다. 그리고 복도 안쪽의 어두운 곳. 그 소리를 낸 것을 찾았다.

그것은 배 부근에서 피를 콸콸 흘리고 있는 고양이였다. 아직 희미하게 숨이 붙어 있는 모양인지 발버둥을 치고 있었고, 거친 주변에 다리가 부딪혀 소리가 나고 있던

모양이었다.

　우리들은 그것을 보자마자 "우와아아아아아아아아악!" 하고 소리를 지르며 그 자리에서 도망치고 말았다. 별장 밖까지 도망쳐 우리는 한동안 멍하게 있었다.

　그리고 A가 "저 고양이, 거의 죽었어. 왜 저런 곳에⋯⋯"라고 말했다.

　나도 "애초에 왜 저딴 곳에 심하게 다친 고양이가 있는 거야! 이상하잖아"라고 외쳤다.

　B가 "어쨌거나 다시 한 번 가보는 편이 좋지 않을까?"
라고 말했다. 확실히 고양이를 그대로 놔둘 수는 없었기
때문에 우리들은 한 번 더 복도 안쪽으로 가보기로 했다.

　하지만 다시 가보니 고양이는 없었다. 아니, 아무것도
없었다. 피처럼 스며들어 있는 것은 있었지만 그뿐이었다.
그렇게나 콸콸 흘리고 있던 피조차 보이지 않았다.

　우리는 서로 '뭐지?'라는 생각을 하며 얼굴을 마주 보고
주위를 살폈지만, 역시 아무것도 없었다.

복도 안쪽에는 문이 하나 있었지만 자물쇠가 걸려 있어 꿈쩍도 하지 않았고, 그 안에 있을 리는 만무했기에 우리는 일단 돌아가기로 했다.

나도 A도 B도 이유 없이 어쩐지 기분이 나빴다. 하지만 작업은 아직 남아 있었고, 슬슬 정오가 가까워진 시간이었기에 우리는 무서움을 애써 가라앉히며 짐을 옮겨 내보냈다.

점심을 먹고 있는데 우두커니 앉아 있던 B가 갑자기 입을 열었다.

"면접도 없이 전화만으로 채용했다든가, 대우가 말도 안 되게 좋다든가, 작업하는 게 우리밖에 없고 감독자도 없네. 결국 이것 때문 아냐?"

확실히 그랬다. 우리는 그때서야 이 아르바이트가 이상한 점투성이라는 것을 알아차렸다.

A는 "오늘까지만 작업하고 그만두고 돈 받고 가버릴까?" 하고 말했다. 나는 냉정하게 생각해서 "일단 계약은 3박 4일이잖아. 끝까지 제대로 하지 않으면 지금까지 고생했는데, 돈을 안 줄지도 모르잖아. 게다가 '뭔지 모를 이상한 게 있어서 그만둘게요'라고 말해도 이해해줄 리가 없어. 뭔가 나쁜 일이 일어난 것도 아니고"라고 말했다.

A도 B도 "그건 그렇네"라고 수긍해서 우리는 최대한 속도를 내서 일을 빨리 끝내버리기로 했다. 그리고 밴이 오면 일단 사정을 물어보기로 했다.

저녁이 되자 어쨌거나 이곳에서 빨리 떠나고 싶었던 우리는 필사적으로 작업을 했고, 두 번째 별장의 짐도 그날 거의 모두 밖으로 꺼냈다. 밴이 도착하자, 타고 있던 아저씨에게 우리들은 넌지시 여기에서 이상한 일이 일어나지는 않는지 물어봤다.

하지만 아저씨 역시 일로 인해서 오는 것이었고, 이곳에 관한 것은 잘 모른다고 했다. 우리들은 결국 아무런 정보 없이 마지막 밤을 맞게 되었다. 지금 생각하면 처음에 우리를 데려다 줬던 아저씨에게 명함을 받아놓았으니, 바로 거기에 전화했어야 했을 테지만.

그리고 그날 밤, 사건이 일어났다.

나와 A가 거실에서 게임을 하고 있는데, 목욕을 하고 있던 B가 뛰쳐나와 "야! 큰일 났어! 또 그 소리가 들려!"라고 외쳤다. 시간은 밤 10시 즈음이었다.

B의 말에 의하면 목욕탕에서 나와 옷을 입고 있는데, 탈의실 창문 쪽에서 "지익, 지익—" 하고 어제와 같은 소리가 들려왔다고 한다. 그래서 당황한 나머지 우리에게 도

망쳐왔다는 것이다.

우리는 이번에야말로 소리의 정체를 밝혀내겠다는 각오를 하고 현관에 있던 손전등을 가지고 밖으로 나가기로 했다. 무서운 마음도 물론 있었지만, 실제로 피해를 입은 것은 없었기에 호기심 쪽이 컸었다.

하지만 그것이 오산이었다. 밖에 나오자 어제와 같이 무엇인지 알 수 없는 1미터가량의 것이 움직이고 있었다.

손전등을 비추자 그것은 그대로 옆쪽 별장으로 사라지듯 들어가 버렸다. 없어진 곳으로 가보니 별장 문을 잠갔는데, 어째서인지 문이 열려 있었다. 어쨌든 거기에 가만히 서 있을 수도 없었고, 무엇보다도 잠갔던 문이 열려 있었기에 우리들은 서로 눈빛을 교환하고 안으로 들어갔다.

원래부터 곰팡이 냄새가 나는 건물이었지만 이상한 비린내 같은 냄새가 나는 것이 느껴졌다. 기묘한 분위기 속에서 나는 복도의 불을 켜기 위해 스위치를 찾고 있었다. 그러다 나는 한 가지 이상한 점을 알아차렸다.

현관 옆, 신발장 쪽 벽에 꽃병에 가려져 그간 알아차리지 못했던 것이 있었다. 분명히 부적이 붙어 있었다. 불을 켜서 주변을 조사해보니 거기뿐 아니라 복도 천장에도 부적이 붙어 있었다.

우리는 서로 얼굴을 마주 보며 "역시 뭔가 이상해"라고 수긍했다. 그때 복도 안쪽, 지난번 고양이가 있었던 곳에서 "끼익" 하고 문이 열리는 소리가 났다. 그 안에는 그때 문이 잠겨서 열리지 않았던 문밖에는 없었다.

그리고 복도 모퉁이 쪽에서 "끼익, 스르륵―" 하고 무엇인가를 질질 끄는 것 같은 기분 나쁜 소리가 또 들렸다. 우리들은 겁에 질려 아무 말도 못 하고, 그 자리에 그저 얼어붙어 있을 뿐이었다. 그 순간 복도 모퉁이에서 무엇인가가 우리를 바라보고 있었다.

우리는 숨을 들이켰다. 그것은 어린아이 크기의 일본 인형이었다. 인형의 목만 무표정한 얼굴로 복도 모퉁이에서 우리를 바라보고 있는 것이었다.

나는 "으…… 아……"라고 말도 아닌 목소리만 겨우 내며 뒷걸음질 치기 시작했다. A와 B 역시 그 기분 나쁜 광경에서 도망치기 위해 뒷걸음질 치고 있었다.

인형은 머리를 한 번 움츠리더니 복도에서 몸마저 드러냈다. 그 모습은 온몸의 털이 곤두설 만큼 소름 끼치는 것이었다. 상반신은 기모노를 입은 커다란 일본 인형의 모습이었지만, 하반신은 무엇인지 알 수 없는 새까만 진흙 같은 물체가 잔뜩 묻어 있었다. 질질 끌고 있는 것은 그 끈적

끈적한 검은 물체의 뒤편에 있었다.

그 검은 진흙 같은 물체는 우리가 낮에 봤던 그것이었다. 인형은 점점 이쪽으로 다가오기 시작했다. 그리고 그것이 다가올수록 코를 찌르는 것 같은 비린내가 점점 강해졌다.

우리들은 계속 뒷걸음질을 치며 현관에서 밖으로 나갔다. 그때 나는 이상한 것을 하나 알아차렸다. 그때까지는 동요하고 있느라 몰랐었지만, 이 인형은 무엇인가를 노래하며 다가오고 있었던 것이다.

귀를 기울이자 민요 중 공놀이 같은 노래였다. 하지만 다시 들어보니 불경을 읊는 것도 같았다. 어쨌거나 그 인형은 기분 나쁜 곡조의 노래를 부르면서 다가오고 있었다. 꽤 가까운 곳에 있었지만 어째서인지 가사는 전혀 알아들을 수가 없었다.

우리들이 겨우 길가까지 나왔을 때, B가 "야, 위험해!"라고 나와 A에게 숲 쪽을 가리키며 외쳤다. 나와 A가 숲 쪽을 바라보자, 이곳저곳의 덤불들이 부스럭부스럭 흔들리고 있었다. 마치 무언가 많은 것들이 이쪽으로 달려오는 것 같았다. 게다가 그 수는 점점 늘어나고 있었다. 부스럭거리는 소리에 섞여, 인형이 부르는 것과 같은 곡조의 노래가 여기저기서 들리기 시작했다.

나는 A와 B에게 "위험해! 도망치자!"라고 큰 소리로 말하고 그대로 전력으로 도망치기 시작했다. 우리들은 온 힘을 다해 숨이 차서 움직일 수 없을 때까지 달렸다. 아마도 1킬로미터는 달렸던 것 같다.

결국 지친 A가 "야, 좀 기다려!"라고 우리를 불러 세웠을 때에야 우리는 겨우 멈춰서 정신을 차렸다. A는 숨을 헐떡이며 "무서워서 도망치긴 했지만 어쩌지? 우리 짐도 다 두고 왔잖아"라고 말했다. B도 "이유도 모른 채 도망치긴 했는데, 이제 어떻게 해야 하냐?"라고 물었다. 하지만 내가 두 명에게 "그렇지만 다시 저기로 돌아갈 순 없잖아?"라고 묻자 두 명 모두 말없이 고개를 끄덕이기만 할 뿐이었다.

그때, 숲 속에서 다시 그 노랫소리가 들려왔다. B는 새파랗게 질린 얼굴로 "저놈들 우리를 쫓아왔어!"라고 큰 소리로 외쳤다.

우리들은 완전히 지쳐 있었지만 그렇다고 거기 앉아 있을 수는 없었다. 우리는 다시 어두운 산길을 전력으로 달리기 시작했다.

그로부터 얼마나 더 달린 것일까. 우리는 겨우 드라이

브 인 식당 같은 곳에 도착했다. 물론 너무 늦은 시간인지라 식당은 문이 닫혀 있었지만 그래도 안심이 되었다. 문득 휴대전화를 바라보니 전파가 잡히고 있었다.

나는 서둘러 아저씨에게 받았던 명함에 있는 번호로 전화를 했다. 하지만 너무 늦은 시간인 탓인지 전화를 받지 않았다. 그러자 A는 자기 휴대전화로 어딘가에 전화를 하기 시작했다.

A는 전화로 뭐라고 말하다가 잠시 후 "우선 와주겠대"라고 힘없이 말했다. 어디에 전화한 것인지 물어보니 경찰에 전화했다는 것이었다.

그로부터 30여 분 동안 우리는 또 그 인형이 쫓아오는 게 아닌가, 노랫소리가 들려오는 것은 아닌가 하고 긴장하며 기다리고 있었다.

다행히 사이렌을 울리며 경찰차가 도착했다. 경찰차를 보자 나는 어떻게 사정을 설명할까 싶은 생각보다도 먼저 마음속 깊은 곳에서 안심이 되었다. 그리고 그 자리에 그대로 쓰러져버렸다. 뭐랄까, 완전히 긴장의 끈이 풀린 것이었다.

경찰차에 타서 우리는 근처의 비즈니스호텔까지 가게 되었다. 가는 도중 우리가 겪은 일을 말했지만 당연히 믿어주지 않았다. 결국 우리가 잘못 본 것으로 처리되었다. 어쩔 수 없이 우리는 호텔 앞에서 내린 뒤 경찰관들에게 감사의 인사를 했다.

지갑마저 별장에 놓고 왔던 우리들은 결국 해가 뜰 때까지 근처 공원에서 노숙을 해야만 했다.


다음 날 아침, 명함의 전화번호로 전화를 해서 아저씨에게 화를 내자, 첫날 역에 마중하러 왔던 아저씨가 부랴부랴 공원까지 우리를 데리러 왔다. 아저씨는 차를 운전하며 "정말 미안해. 제대로 너희들에게 설명을 해줬어야 했는데……. 우선 사무실에 가서 모두 이야기해줄게"라고 손이 발이 되도록 빌었다. 그런 아저씨에게 계속 화를 낼 수는 없었기에, 우리는 그냥 어색하게 앉아 있었다.

사무실에 도착하자, 먼저 누군가가 우리들의 짐을 가지러 간 모양이었다. 20분쯤 후에 짐을 가지고 올 거라고 했다. 그리고 아저씨가 그 별장에 관해 이야기를 하기 시작했다.

아니나 다를까, 그 별장 2채는 그 일본 인형이 나타나기 시작해서 주인이 버려 버린 곳이었다고 한다. 그래서 헐어버리기 위해 짐을 옮겨 내보내기 시작했는데, 계속해서 이상한 일이 일어났던 것이다. 그런 소문이 널리 퍼져버렸기 때문에 주변에 사는 사람들은 아무도 그곳에서 작업을 하려 하지 않았다고 한다. 그것이 1년 전에 있었던 일이었다는 것이다.

그래서 곤란해진 집 주인은 주변 절에 부탁해서 제법 돈을 들여 제를 지냈다고 한다. 그리고 괜찮을 거라는 말에 그 동네에서 멀리 떨어진 대학교에 광고를 냈다는 것이다. 거기에 우리는 감쪽같이 속아 걸려들었던 셈이다.

아저씨의 말에 의하면 원래는 밤낮을 막론하고 이상한 일이 일어나고 인형이 목격되었었다고 한다. 하지만 제를 지낸 이후에는 낮에는 아무 일도 일어나지 않아 내심 괜찮을 거라고 생각하고 있었다는 것이다.

아저씨는 "정말 미안하다. 급료는 4일치 모두 지불하고, 교통비도 이쪽에서 대줄게"라고 계속 사과했다. 우리들은 이미 화낼 기운도 없었기 때문에 급료와 교통비를 받아서 서둘러 돌아가기로 했다.

마지막으로, 나는 아저씨에게 질문을 하나 했다.

"아저씨, 도대체 그 인형은 뭐예요?"

그러자 아저씨는 이렇게 대답했다.

"글쎄? 몇 년 전 그 별장에서 주인이 멋대로 고용인을 건드린 적이 있었다네. 고용인은 아이를 유산하고 사라졌다고는 하던데……."

우리는 아연실색하며 서둘러 그곳을 떠났다. 고단한 우리는 각자의 집에 돌아가 2박 3일의 악몽을 떨어내기라도 하듯 긴 잠에 빠져들었다.

# 썩은 나무

5년 전의 이야기이다.

B와는 전에 다니던 회사에서 만났다. 내가 처음 입사해서 일이 서툴렀을 때 날 도와준 것이 바로 B였다.

때로는 B가 대충 가르쳐줘서, 꼼꼼한 나는 당황스럽기도 했었다. 하지만 동갑인 데다 고향도 같아서 우리는 금세 친해지게 되었다. 나와 B는 매일같이 술을 마시곤 했다. 두 사람 모두 자동차를 좋아해서 우리 사이의 이야기는 늘 끊이질 않았다.

그런데 입사하고 반년 정도 지날 무렵, 갑자기 B의 태도가 달라지기 시작했다.

여전히 사이는 좋았지만, 술을 마시러 가는 횟수가 분

명히 줄어들고 있었다. 나는 아마 처음이라 어색했던 내게 신경을 써준 것이라는 생각이 들었다.

하지만 3개월 정도 지나자, 우리 사이의 대화마저 줄어들기 시작했다. 내가 말을 거는 경우는 많았지만, B는 내게 말을 걸지도 않는 것이다. 그나마도 대화는 정말 일에 관련된 사무적인 내용뿐이었다.

내가 무슨 잘못이라도 한 것일까? 나는 다른 동료들에게 상담을 요청했지만, 모두들 한결같이 B가 달라진 것은 없다는 말뿐이었다.

나는 B가 전에는 밝은 성격이었고, 매일 저녁 술도 같이 마셨을 정도였다고 했더니, 어째서인지 다들 석연치 않은 표정만 지을 뿐이었다.

이해할 수는 없었지만, 딱히 심각하게 생각할 시간도 없었다.

그러던 중 갑자기 B가 무단결근을 하기 시작해서, 일주일 동안 출근을 하지 않았다. 나나 상사가 몇 번이고 연락을 했지만, 그때마다 헛수고였다. 긴급 연락처에 적혀 있던 B의 친가에도 연락이 닿지 않았다.

걱정이 된 나는 B의 주소를 상사에게 물어 직접 찾아가 보기로 했다.

매우 낡은 목조 아파트. 주변은 황폐해져서 잡초가 무성했다. B의 방은 2층 가장 안쪽이었다.

녹슨 계단을 올라가 통로를 나아가자, 확실히 B의 이름이 새겨진 문패가 걸려 있었다. 문 앞에는 신문이 산더미처럼 쌓여 있었다.

친한 사이긴 했지만 B의 집에 오는 것은 처음이었다.

나는 초인종을 눌렀다.

…….

반응이 없다. 집에 없는 것일까?

나는 문을 두드리고 소리를 질렀다.

"B! 있어? 나야!"

…….

여전히 대답은 없었다. 자고 있거나 외출한 것일까?

하지만 중병으로 쓰러져 있는 것인지도 모른다는 생각이 들었다.

나는 살그머니 문고리를 돌렸다. 의외로 문은 열려 있었다. 끼기긱거리는 큰 소리를 내며 문이 열렸다. 현관은 놀랍게도 흙투성이였다.

안쪽까지 계속 흙이 떨어져 있었다. 도저히 신발을 벗고 들어갈 수 없을 정도였다.

나는 그대로 신발을 신고 안으로 들어섰다. 현관에 들어서자마자 부엌이 보였다. 세면대에는 평범하게 물이 채워져 있고, 작은 벌레의 시체가 몇 개 떠올라 있었다. 어째서인지 식기류는 보이지 않는다.

나는 B를 찾아 다른 곳으로 눈을 돌렸다. 그러자 안쪽 방의 문이 조금 열려 있는 것이 보였다.

문 틈새로는 아무것도 보이지 않았다. 기분 나쁜 분위기가 감돌았다.

나는 문을 열었다. 방에는 빛이 사라져 있었다.

다다미 여섯 장 정도 넓이의 방이었다. 방에 두껍게 쳐진 커튼 틈 사이로 작은 빛이 새어 들어오고 있었다.

아무것도 없는 방이다…….

TV도, 테이블도, 가구나 가전제품조차 하나도 없었다. 하지만 방 한구석에…… 매우 큰, 그리고 시커먼 그림자가 보였다.

그것은 무려 2미터가 넘는 거대한 썩은 나무였다. 그것은 작은 방에 맞지 않아 천장을 조금 뚫었을 정도의 크기였다. 전체가 검게 변색되어 있고, 흠뻑 습기에 젖어 있는 것 같았다. 아래쪽에는 곰팡이인지 이끼인지 모를 기묘한 식물이 다다미에 자라 있었다.

곳곳에는 검붉은 옷감 같은 것이 감겨 있고, 그 위에 한 번도 본 적이 없는 글자로 무엇인가 적혀 있었다.

"헉……, 뭐… 뭐야, 이거?"

이 썩은 나무도 이상하지만, 도대체 왜 이게 B의 방에 있는 것일까?

자세히 보니 나무의 좌우에는 자연석인가 싶은 축구공 모양의 돌이 제단에 손재주 좋게 쌓여 있다. 허리 높이의 제단의 위에는 초가 흩어져 있다. 그 외에도 절에서 쓸 법한 물건이 여기저기 흩어져 있었지만, 용도나 이름은 알 수 없었다.

나는 방의 불을 켜기 위해 스위치를 눌렀다. 하지만 불은 전혀 켜지지 않았다. 갑자기 얼굴에 뭔가가 떨어졌다.

"우왁!"

손으로 치우면서 알았다. 어두워서 잘 보이지 않지만 곳곳에 바퀴벌레가 있는 것 같았다.

기분 나쁜 거대한 썩은 나무와 의식을 치른 것 같은 흔적, 거기에 더러운 방까지.

도대체 B에게 무슨 일이 일어난 것인가?

B는 걱정됐지만, 솔직히 나는 빨리 도망치고 싶었다. 아마 B는 이곳에 없을 것이다. 나가면서 목욕탕과 화장실

을 살펴보고, 아파트에서 나가자. 그리고 경찰에 연락하면 될 거야. 그렇게 생각하면서 나는 방을 나가려고 했다.

그런데 그때 "와직" 하는 소리가 들려왔다.

"지직."

또 들렸다.

나무다. 썩은 나무에서 소리가 난다.

이제 더는 싫다. 이런 곳에서 도망치고 싶다.

하지만 나는 본심과 반대로 뭔가 확인하고 싶은 욕구가 샘솟았다. 분명히 벌레일 것이다. 그랬으면 좋겠다.

나는 천천히 썩은 나무 가까이 가서 나무를 응시했다. 자세히 보니 곳곳에 큰 못이 박혀 있었다. 기분 나쁘다고 생각하며 썩은 나무의 표면을 훑어보고 있을 때였다.

"히익!"

나는 놀라 소리를 질렀다.

눈이었다! 나무 가죽 틈새에서 무엇인가가 나를 보고 있었다! 눈은 멍하게 떠져서 나를 가만히 응시하고 있었다. 나는 반사적으로 뒤로 물러나다 엉덩방아를 찧고 말았다.

"와지직! 키킥! 파지직!"

썩은 나무 안쪽에서 기분 나쁜 손이 나온다. 분명 인간이다. 이 썩은 나무 안에는 인간이 들어가 있었던 것이다.

안이 비어 있고, 그 안에 인간이 들어가 있었던 것이다.

그리고…… 계속 나를 보고 있었던 것이다. 내가 이 방에 들어오고 나서도 줄곧……. 썩은 나무의 가죽이 차례로 벗겨져 나가고 어두운 방 안에서도 그 모습을 볼 수 있게 되었다.

거기에 있던 것은…… 다름 아닌 B였다.

머리카락은 거의 빠져 있었고, 피부는 보라색으로 변해 있었다. 턱을 쩍 벌려서 침이 질질 흐르고 있었다. 검은 지네 같은 모습의 벌레가 아무것도 입지 않은 B의 몸에 붙어 있었다. 너무나도 무서운 모습이었지만, 보자마자 B라는 것을 알아차리고 말했다.

"아……, B……? 아아……."

무서워서 말도 잘 안 나왔다. B의 몸에서는 군데군데 피가 흐르고 있었다. 나무에 박혀 있던 못 때문일까? 충혈한 눈은 엄청난 속도로 가로세로를 미친 듯 움직이고 있었다.

"으웨! 으웨!"

침을 마구 흩뿌리며 휘청휘청 내게로 다가왔다.

"오……. 오지 마!"

온몸이 덜덜 떨려서 힘이 들어가지 않았다. 나는 넘어진 채로 B를 바라볼 수밖에 없었다. 이제 B는 눈앞까지 다가왔다.

"으웩! 우오!"

두려워하는 나를 두고, B는 갑작스레 토했다. 녹색의 끈적거리는 액체투성이의 기묘한 물체가 내 발 밑에 토해졌다. 지금까지 본 적도 없는 것이었다. 아니, 알고는 있지만 차라리 모르고 싶은 것이었다.

그것은…… 인간이었다. 작은 인간이었다. 아니, '인간의 형태를 한 무언가'였다. 그것은 무표정하게 멍하니 나를 응시하고 있었다.

B는 스스로 토해낸 그 물체를 잠시 바라보고 있었다. 그리고 천천히 나를 보며 만족스러운 표정으로 씩 웃었다. B와 시선이 마주친 순간, 공포로 미칠 것만 같았다. 아니, 어쩌면 나는 이미 미쳐 있었는지도 모른다.

그것은 B의 탓이 아니었다. 물론 B도 굉장히 무서웠다. 하지만 그때 보았던 것이다. B보다 훨씬 무서운 것을. B의 등 뒤에 보이는 썩은 나무의 틈에서, 'B와 같은 모습을 한 것들'이 기어 나오고 있었다.

생존 본능이었을까?

생각조차 되지 않는 머릿속에서 '도망쳐야 해!'라는 강한 충동이 나를 이끌었다.

나는 단숨에 방을 뛰쳐나와 현관으로 달렸다.

밖으로 나가는 순간, 나는 무의식적으로 뒤를 돌아보았다. 그때 본 광경은…… B가 'B와 같은 모습을 한 것들'에게 와구와구 먹히는 광경이었다. B는 아까 내게 지었던 만족스러운 표정인 채였다.

정신을 차렸을 때, 나는 병원의 침대에 누워 있었다. 길가에서 기절한 것을 옮겨왔다는 것이었다. B의 집에 가고나서 이미 이틀이 지난 후였다.

나는 입원을 핑계로 회사를 그만두었다. 모든 것을 잊고 싶었다. 모든 것이 꿈이었다고 믿고 싶었다. 상사나 동료들에게는 어떤 말도 할 수 없었다.

단지, B는 없었다는 말만 전했다. 경찰이 B의 집을 수색했지만 그를 찾을 수는 없었다고 한다. 나 역시 수사를 받았지만, 별문제는 없었다.

퇴원하고 나서 나는 몇 년 동안 정신 치료를 받았다. 그리고 이제는 그날 그것이 도대체 무슨 일이었는지 침착하게 생각할 수 있게 되었다.

혹시 누군가 알고 있다면 알려줬으면 좋겠다. 그 기분 나쁜 썩은 나무와 의식 같은 흔적들, 그리고 B가 변해버린 모습을. 그리고 그 '인간의 형태를 한 무언가'와 'B와 같은 모습을 한 것들'은 무엇이었을까?

그 후로 5년이나 지났지만 아직도 B는 행방불명이다.

# 생매장

이 이야기는 옛날 친구였던 양아치 녀석한테 들은 이야기다. 그 녀석과 같은 조직에 있는 놈들 중에, 길거리에서 여자를 꼬여 모텔까지 같이 가는 데 도가 튼 녀석이 있었다고 한다. 뭐, 헌팅 전문가라고 할까, 흔히 픽업 아티스트라고들 하는 놈이었다.

어느 날 내 친구 양아치는 평소처럼 그 헌팅맨한테 전화를 받아 밤거리로 놀러 나갈 생각이었다고 한다. 그런데 갑자기 몸 상태가 영 좋지 않아서, 그날은 그냥 쉬기로 하고 집에 혼자 드러누워 있었다고 한다. 그래서 그 녀석은 혼자 밤거리에 나섰다.

그리고 가락이 있으니만큼 능숙하게 여자를 낚는 데 성

공했다. 반항하는 여자를 강제로 끌고 가서, 반항하자 때리기도 했다고 한다. 그렇게 지쳐서 녹초가 된 여자에게 약을 먹이고, 어찌 강제로 범하면서 즐겼다는 것이다.

그런데 새벽녘, 갑자기 여자의 상태가 급격하게 나빠지더니 그대로 숨을 거뒀다고 했다. 사인은 아마 폭력과 과도한 약물 복용이었을 것이다. 애초 그 여자는 첫 경험이었던 것이다.

경찰에게 붙잡혀가는 것만은 피하려고, 그 녀석은 새벽부터 조직에 여자의 시체를 가지고 찾아가 중간 보스에게 울면서 매달렸다.

그러나 그 여자의 얼굴을 본 중간 보스는 그대로 얼어붙고 말았다. 그 여자는 엄청난 세력을 자랑하는 조직 두목의 딸이었던 것이다.

이 사실이 밝혀지면 경찰이 문제가 아니라 조직 간의 전쟁으로까지 이어질 수도 있었다. 그뿐 아니라 마약을 강제로 먹인 데다 폭행까지 가했다. 몸 안에는 마약 성분이 그대로 남아 있을 테고, 대충 눈으로만 봐도 군데군데 멍이 보였다.

들켜서는 안 된다는 생각에, 중간 보스는 조직원 여러 명을 동원해 황급히 여자를 오쿠타마의 산속에 묻어버리기로 했다. 하지만 목적은 그뿐만이 아니었다. 중간 보스는 조직에 큰 누를 끼친 그 녀석까지 함께 묻어버릴 생각이었던 것이다.

여자를 묻을 구멍을 판 후, 잔뜩 지친 모습의 그를 청테이프로 묶어 산 채로 여자의 시체와 함께 던졌다. 격렬하게 반항하며 날뛰었지만, 신경 쓰지 않고 그대로 흙을 던져 생매장해버렸다. 중간 보스는 조직으로 돌아가 보스에게 모든 것을 보고했다.

하지만 그 조직이 쓰고 있던 매립지는 곧 새로 도로가날 곳이라 공사가 다음 달부터 시작될 예정이라는 것이었다. 들키지 않으려면 다른 곳으로 다시 옮겨야 했다. 중간보스는 놀라서 황급히 산으로 돌아가, 시체를 다시 처리하기 위해 조직원을 동원했다.

조직원 몇 명을 데리고 현장에 도착해, 아까 막 묻었던부드러운 흙을 파내기 시작하자 조금씩 남자와 여자가 얼싸안고 있는 시체가 모습을 나타냈다. 이미 남자도 숨을거둔 듯했다.

하지만 아까 묻을 때는 분명 여자의 시체를 먼저 던진후, 그 위에 남자를 산 채로 던졌었다. 그런데 파내고 보니 둘이 옆에 나란히 누워 꽉 끌어안고 있는 형태가 되어 있는 것이었다. 그뿐 아니라, 기묘하게도 분명히 시체였던 여자의 양손이 남자의 목에 휘감겨 있고, 검붉은 손가락 자국이 남자의 목에 선명히 나 있었다고 한다.

중간 보스는 시체를 꺼내 따로 묻어버리려고 했지만, 무슨 수를 써도 여자의 두 손이 남자의 목에서 떨어지지를 않아 결국 그 자리에서 불을 질러 처리했다고 한다.

과연 그 남자의 사인은 무엇이었을까.

# 사고가 잦은 역

나는 사망 사고가 많이 나기로 유명한 중앙선을 이용해 통근하고 있다. 지난주에도 내가 열차를 타는 역에서 투신 자살이 있었다. 그리고 오늘, 평소보다 조금 일찍 일어난 나는 플랫폼에 잠시 멈춰 서서 무심코 반대쪽 플랫폼을 보고 있었다.

아직 아침이라 전철 자체가 그다지 많이 다니지 않아서, 하행선인 반대편에는 사람이 드문드문 있을 뿐이었다.

"중앙선 XX방면 하행 전철이 들어옵니다."

전철의 안내 방송이 울려 퍼진다.

문득 반대편 플랫폼을 보자 나의 정면에 여자가 서 있었다. 26살 정도 되어 보이는 매우 평범한 여자였다. 하지만 무엇인가가 이상하다.

여자의 얼굴이 공포로 굳어 있다. 게다가 전철이 홈에 들어오면 들어올수록, 무언가에 끌려가는 것처럼 한 걸음 한 걸음 플랫폼 안쪽으로 가까워지고 있었다. 나는 뭔가에 홀려 이끌려가는 그 광경을 보면서도 공포로 굳어버려 입술 하나 움직일 수 없었다.

날카로운 금속음과 비명이 울리고, 전철이 멈추었다. 나의 눈앞에 대량의 피와 붉은 몸뚱어리 파편이 흩날렸다. 너무나 그로테스크한 광경에 토악질이 나왔지만, 회사에 가야만 하는 나는 서둘러 버스를 타기 위해 역을 떠났다.

그녀에게서 느껴지던 위화감이 무엇이었는지 나는 버스에서 계속 생각했다. 하지만 도저히 알 수가 없었다.

버스는 신주쿠에 가까워져, 고층 빌딩 사이를 지나가기 시작한다. 햇빛이 고층 빌딩의 유리에 비쳐 매우 눈이 부셨다.

"눈부시네……. 눈부셔? 설마 그건가!"

나는 마침내 그 이유를 알아내고 크게 소리를 질렀다.

내가 이용하는 역은 동서로 길게 뻗어 있다. 즉, 아침 해는 떠올라서 내 왼쪽에서 오른쪽으로 향해가는 것이다. 플랫폼의 지붕을 지탱하는 기둥도, 역의 매점도, 사람들도 모두 왼쪽에서 오른쪽으로 비스듬하고 길게 그림자를 만들 것이다. 말로 할 수 없을 정도의 기분 나쁜 느낌이 가슴에서 끓어올랐다.

집에 돌아온 뒤, 나는 인터넷에서 사진을 찾아 헤맸다. 그리고 내가 마침내 찾아낸 것은 8년 전, 이 역에서 사망 사고가 일어났을 때의 플랫폼 사진이었다.

사고의 발생시간은 오늘 아침과 거의 같았다. 그리고 나는 플랫폼의 사진을 보며 두려움을 떨칠 수가 없었다.

검은 팔 같은 그림자들이, 선로에서 홈으로 무수히 뻗쳐서 사고를 당한 사람 발밑에 닿아 있었다.

# 화장품

　나는 거울을 보고 싶지 않다. 내 얼굴이 비치는 것을 보고 싶지 않다. 나는 내 얼굴을 보고 싶지 않다.

　눈에 띄기 때문에, 눈에 들어오기 때문에. 내 눈가의 주름이, 입가의 주름이, 점점 늙어가는 나의 얼굴이.

　집 안의 거울을 모두 깨버리고 싶다. 내 얼굴이 비치는 모든 것을 부숴버리고 싶다. 그런 충동들을 눌러가며 살아간다.

　얼굴에 손을 대면 낡은 고무 같은 피부가 잡힌다. 손가락으로 잡아 늘리면, 천천히 원래대로 돌아가는 피부가 너무나 애처롭다.

　내 얼굴은 어떻게 변해가는 걸까? 생각하는 것만으로도

온몸에 소름이 끼친다.

이대로 계속 나이를 먹다 보면 얼굴은 점점 더 늙어갈 것이다. 주름은 더욱 깊어지고, 얼굴은 축 늘어질 것이다. 마치 딴사람같이 변해버리는 것이 무섭고 또 무섭다. 종종 너무 불안해져 머릿속에 아무런 생각도 들지 않곤 한다.

그러고 보니 흰머리도 늘어난 것 같다. 이런 생각을 많이 한 탓일까?

내가 무너져간다. 날마다 내가 무너져간다. 아무리 화장품을 발라 개선해보려 해봐도 바뀌지 않는다.

방 안에 쌓여 있는 화장품이 보인다. 내용이 새고 있는 것인지 이상한 냄새가 난다. 어쨌거나 나는 거울 따위 보고 싶지 않다.

중학교 때부터 나는 남자들에게 인기가 좋았다. 검은 교복 위에 빛나는 나의 아름다운 얼굴을 모두가 바라보고 있었다. 질투하는 시선들이 나에게는 기분 좋았고, 긴 검은 머리가 휘날릴 때면 행복했다. 섬세한 쾌락의 세계에 들어간 것 같은 느낌이었다.

나는 특별한 사람이라는 느낌이 들었다. 고등학교에 들어가서도 그것은 계속되었고, 내 주변에서 남자가 사라지는 날은 없었다.

나는 마치 옷을 갈아입는 것처럼 남자를 갈아 치웠다. 나는 특별한 사람이고, 내 얼굴은 특별하기 때문이었다. 그렇지만, 나는 특별한 존재여야만 하는데도 시간이 흐를수록 나는 특별하지 않게 되어버렸다.

세상이 이상해진 걸까? 내가 무슨 나쁜 짓을 해서 벌을 받고 있는 것일까?

내 얼굴에 상처처럼 생겨나는 주름. 몇 번이나 커터 칼로 그것을 잘라내려 했을까. 손톱으로 긁어내면서 아름다운 얼굴로 돌아가려 했었는데.

나는 나의 얼굴이 싫다. 기분 나빠서 참을 수 없다. 만약 나와 같은 얼굴을 한 사람이 눈앞에 나타난다면 어떻게 할까? 지금까지 해보지 못했던 것을 할지도 모르겠다.

얼굴의 가죽을 잘게 커터 칼로 잘라내서, 한 조각 한 조각씩 얼굴에서 떼어내서 내 얼굴 위에 붙여놓는다. 어쩌면 그것을 먹으면 내 얼굴에 영양이 전해질지도 모른다. 내 피부니까, 꼭 특별한 맛일 것이다.

입 속에 군침이 돌기 시작한다. 눈에는 DHC 성분이 들어 있을까? 그렇다면 물고기처럼 구워 먹는 것이 좋은 걸까? 아니면 그냥 직접 먹어서 영양소가 파괴되는 걸 막아야 하는 걸까? 피부 표면의 번들거리는 액체를 화장품처럼 바르는 건 어떨까? 내 몸이니까 분명 완벽할 것이다.

아, 어째서 나와 똑같이 생긴 사람은 없는 걸까? 있으면 곧바로 실행해서 내 얼굴을 원래대로 돌려놓을 텐데. 다른 사람은 안 된다. 그 사람은 내가 아니니까.

아, 나를, 나를. 멋진 나를 주세요. 나는 나를 죽이고, 나 때문에 죽이고, 나 때문에 쓰고 싶다. 나의 모습을 한 화장품. 나의 모습을 한 화장품.

아, 아⋯⋯. 나는 입 사이로 침을 흘리며 망상에 빠졌다. 그리고 다음 날부터 나는 길모퉁이에 나가 서 있기 시작했다.

선글라스를 쓰고, 나와 같은 표정을 지은 나를 찾고 있다. 지나쳐가는 사람들의 얼굴을 보며 나를 찾는다. 내 얼굴과 조금이라도 닮은 여자가 지나간다면 바로 말을 걸 것이다.

그녀는 화장품이니까. 나의 화장품.

# 일본 도시 괴담 2

**1판 1쇄** 2014년 11월 30일
　　　**2쇄** 2022년　5월 15일

**엮 은 이** 김성욱

**발 행 인** 주정관
**발 행 처** 북클릭
**주　　　소** 서울특별시 마포구 양화로 7길 6-16 서교제일빌딩 201호
**대표전화** 02-332-5281
**팩시밀리** 02-332-5283
**출판등록** 2006년 1월 9일 (제313-2006-000012호)
**홈페이지** www.ebookstory.co.kr
**이 메 일** bookstory@naver.com

ISBN 978-89-98014-01-8　04830